NICOLAS ANCION

Nicolas Ancion est né en 1971. De Liège à Carcassonne, en passant par Bruxelles ou Madrid, il fait étape là où poussent les mots. Depuis une dizaine d'années, il réinvente le monde à travers des histoires loufoques : huit romans, des tas de nouvelles, un fatras de poésie, des feuilletons pour le Web, le théâtre ou la radio et bien d'autres choses. Ses textes ont été couronnés par une dizaine de prix littéraires, dont le prix des Lycéens pour *Quatrième étage* et le prix Franz de Wever de l'Académie royale de langue et littérature belges pour le recueil de nouvelles *Nous sommes tous des playmobiles*.

LES OURS N'ONT PAS DE PROBLÈME DE PARKING

POCKET "Nouvelles voix"
PARTAGEZ NOS DÉCOUVERTES !

Richard Andrieux
José

Antoine Choplin
L'impasse

Thomas Paris
Pissenlits et petits oignons

Fred Paronuzzi
La lettre de Flora

Corinne Roche
Une petite fête sur la planète

Sylvia Rozelier
Deux heures

Marianne Rubinstein
Le journal de Yaël Koppman

Valérie Saubade
Happy birthday grand-mère

Valérie Saubade
Les petites sœurs

NICOLAS ANCION

LES OURS N'ONT PAS DE PROBLÈME DE PARKING

POCKET

DU MÊME AUTEUR
CHEZ POCKET

NOUS SOMMES TOUS DES PLAYMOBILES

Le papier de cet ouvrage est composé de fibres naturelles, renouvelables, recyclables et fabriquées à partir de bois provenant de forêts plantées et cultivées durablement pour la fabrication du papier.

ISBN : 978-2-266-18652-0

Pour Pipelette, Tom, Maria et Téti,
qui vivent ensemble les plus belles aventures.

Le grand méchant Marc

Au moins, j'ai une cellule pour moi tout seul. Quitte à passer des années derrière les barreaux, autant pouvoir ronfler à l'aise et porter des chaussettes sales si on en a envie. Les barreaux sont épais, mais il n'y en a que trois, alors je peux regarder le ciel gris et les pigeons qui roucoulent, même quand je suis assis sur le lit.

À la fenêtre, en tout cas, je ne me montre pas. Je suis pas fou. Personne n'a envie de croiser mon regard d'assassin, on n'a que trop vu ma gueule de monstre sans pitié.

C'est incroyable comme la vie vous traîne dans des coins où vous n'auriez jamais cru mettre les pieds. Là, regardez-moi, assis, les jambes flasques dans un survêtement défraîchi ; mal rasé, les cheveux trop longs, plus sorti de la cellule depuis trois jours.

Ça n'a pas toujours été comme ça.

Quand j'étais gosse, j'étais plutôt calme, j'étais gentil avec tout le monde et toujours poli. Le boucher me donnait une rondelle de boudin blanc, quand j'accompagnais ma mère pour acheter le jambon.

Mes bulletins n'étaient pas mauvais, je ne comprenais pas vite mais je retenais longtemps. Alors après mon service militaire, j'ai fait instituteur. À mon tour de donner les ordres, mais gentiment et avec le sourire. Pendant des années ça marchait du tonnerre. Monsieur Marc élu prof de l'année à la *fancy-fair*, Monsieur Marc chouchou des élèves en classe verte. J'avais épousé Yvonne et pendant que j'enseignais la conversion des litres en mètres cubes, elle mettait au point nos deux filles. Tout allait bien, au fond. La maison de Wépion que j'avais héritée de ma grand-mère, au bord d'un champ de fraises, ma Volkswagen Polo, ma petite vie tranquille. Je m'emmerdais un peu, mais ça passait. J'aimais bien les vacances, les congés et les weekends, comme tout le monde. Mais j'aimais aussi le carnaval parce que je me déguisais en gendarme avec une grosse moustache rousse et un faux pistolet automatique et que ça faisait rire tout le monde. Même le directeur de l'école me félicitait.

— Monsieur Dutroux, me disait-il, chaque année, je me suis fait avoir ! J'ai cru que vous veniez pour les cours de sécurité routière.

— Je m'appelle Afeu, Monsieur le directeur, je suis le gendarme Afeu.

— Ha ! Ha ! Dutroux ! Toujours le mot pour rire.

Alors je souriais avec mon air le plus bête. Rien de tel que d'avoir l'air d'un imbécile pour s'attirer la sympathie. Et quand je rentrais à la maison, Yvonne et les deux petites m'accueillaient avec des cris, comme si j'étais le vainqueur de la « Nouvelle Star » ou d'un autre concours télévisé pour midinettes.

La suite, vous commencez à la deviner, je suppose.

On ne choisit pas son nom, on le trouve dans les papiers de son père, qui lui-même le tient du sien et ainsi de suite. Moi, j'aimais bien mon nom et mon prénom. Je m'appelais comme ça depuis toujours. Je pouvais pas deviner.

Et pourtant un autre Monsieur et une autre Madame Dutroux avaient eu un autre fils aussi. Comment l'avaient-ils appelé ? Marc aussi. Pas de bol. Et un jour, tout a basculé. La Belgique pétrifiée, des fillettes enlevées, violées, affamées, enterrées. L'horreur s'étalait sur les écrans et mon nom, tout d'un coup, s'est retrouvé affiché à la une des journaux. Il n'a pas fallu trois jours pour que tout s'effondre. Le lendemain de la nouvelle, il y avait déjà deux absents en classe et un sale bruit courait dans la cour de récréation.

— C'est lui, c'est lui, c'est Marc Dutroux !

Le deuxième jour, des élèves ont refusé d'entrer en classe et se sont mis à pleurer. Je leur faisais peur. Le lendemain, le directeur me convoquait.

— Monsieur Dutroux, vous comprenez, étant donné les circonstances, il vaudrait sans doute mieux que vous vous retiriez quelques semaines, le temps que les affaires se tassent...

Ce n'était pas grave, je comprenais très bien, je n'avais pas envie de faire peur aux enfants. Je suis rentré chez moi. Mais là aussi les choses avaient changé. C'est pas très grand Wépion et les bruits courent encore plus vite que dans la cour de récré. On évitait de nous parler. Les gens ne nous disaient plus ni bonjour ni bonsoir, comme si j'étais le cousin du tueur voire même un des complices impliqués dans les enlèvements. Je me suis dit que ça allait passer, que c'était l'effet des médias, rien de grave. Mais j'avais tout faux. Un jour où les fouilles dans la maison de l'assassin, à Marcinelle, n'avançaient pas, on a balancé une brique dans la fenêtre du salon. J'ai appelé un vitrier mais il m'a répondu que son stock était épuisé. J'ai dû en faire venir un autre de Namur, à qui j'ai dit que je m'appelais Tilkin pour éviter les emmerdes. Les vingt kilomètres de déplacement, c'est moi qui ai dû les régler.

À la télé, le soir, je l'ai vu qui descendait les marches du palais de justice de Neufchâteau, avec le gilet pare-balles et la barbe mal soignée. Je suis resté sans souffle au fond de mon fauteuil.

— Assassin ! Salaud ! À mort ! gueulait la foule.

Il est entré dans la camionnette avec ses menottes et son pull bleu comme la nuit la plus sombre. Ce même pull que j'ai là, sur moi. Le même air abruti et désespéré.

Il a dû y avoir d'autres nouvelles au journal ce soir-là. Des guerres, des faillites, du foot. Tout ça m'est passé au travers comme l'eau des pâtes dans la passoire. Tout ce que j'ai gardé en tête, c'est son regard noir et sa barbe pas soignée. Son air perdu et mon nom que la foule crachait.

— Le pire, c'est qu'il te ressemble un peu, m'a dit Yvonne en tapotant son oreiller.

— Je sais, j'ai répondu, heureusement que je suis plus propre que lui. Je pourrais avoir des doutes, moi aussi.

— T'en fais pas, mon chéri, moi je suis là.

Les gens ne font jamais ce qu'ils disent. Ils laissent échapper les mots comme ça, pour la bonne conscience, mais après ça ils baissent les bras et ils laissent tourner le monde dans le mauvais sens. Sont juste bons à se plaindre ou à pleurer quand il est trop tard. Yvonne aussi elle était comme ça. Je la comprends, maintenant. Je vois pas pourquoi elle aurait été différente. J'avais pas épousé une extraterrestre. J'habitais Wépion, pas Hollywood.

Alors quand les petites sont revenues de l'école en pleurant, quand elles ont dit qu'on leur avait lancé des cailloux dans la cour et que personne ne voulait plus jouer avec elles, Yvonne a pleuré et j'ai dû les consoler toutes les trois. Je ne sais plus ce que j'ai trouvé. Un truc avec des lapins sans doute. C'est ça qui marchait le mieux avec les petites : les imitations de lapin. Avec les dents de devant qui retombent sur la lèvre et une carotte derrière l'oreille. Monsieur Lapin qui veut acheter toutes les carottes du Carrefour ou Monsieur Lapin qui tombe en panne avec sa carotte-mobile devant un refuge pour chasseurs. Ça les a fait rire ce soir-là. Mais ça n'a pas marché longtemps. On a retrouvé des corps. Tout plein. Des petites filles et encore des petites filles. Marc Dutroux n'était pas un simple assassin, c'était un véritable monstre.

Plus de travail pendant deux mois. Plus de salaire non plus, on attendait qu'un avis du ministère décide du bien-fondé de ma mise au placard. Et pendant ce temps-là, des graffitis sur la boîte aux lettres, les pneus crevés deux par deux chaque week-end. Puis les filles renvoyées de l'école. Pour manque de concentration, officiellement, et pour attitude peu sociable, ajoutait-on. Je suis mis en route pour aller protester. Le pare-brise de ma Polo avait été défoncé. J'ai roulé lentement. J'ai parlé au directeur pendant plus d'une heure ; il m'a fait comprendre que ce n'était plus possible. À cinq et sept ans, on ne peut pas retenir les enfants, même en leur expliquant. La seule solution : les inscrire dans un autre établissement, sous un autre nom, et tout rentrerait dans l'ordre. J'avais du mal à y croire, mais j'avais encore plus de mal à convaincre mon propre directeur de reprendre mes gosses. Alors je suis rentré à la maison. J'avais le vent de face et de la rage plein la poitrine.

J'ai foncé à la cuisine, j'ai ouvert le frigo et, pas fier de moi, pas fier de ma tête de prof déchu et de mon nom d'éventreur, j'ai ouvert une canette de trente-trois centilitres. J'ai refermé la porte et j'ai vu le mot d'Yvonne, collé au frigo sous un aimant en forme de tarte. C'était moi, la tarte. Yvonne s'était barrée, avec les petites. Elle en avait eu marre. Plus que marre. Trois mois sans que je rapporte autre chose que des emmerdes, j'avais plus rien fait depuis des semaines, je n'ouvrais plus la bouche que pour ronfler.

Elle avait raison. Il n'avait pas fallu longtemps pour que je devienne moins que rien. Mais c'était pas vraiment ma faute. À l'administration, ils n'avaient pas voulu que je change mon nom tout de suite.

— Dans deux mois, tout le monde aura oublié cette affaire, les gens sont juste sous le coup de l'émotion, qu'ils m'avaient dit. De toute façon, avant que la procédure n'aboutisse, vous en avez bien pour un an.

Yvonne n'avait pas eu la patience. Les petites n'ont même pas eu le choix. À l'heure qu'il est, elles croient peut-être que je suis vraiment le grand méchant Marc Dutroux. Je n'en sais rien, je n'ai jamais pu les revoir. Yvonne s'est installée sous son nom de jeune fille, elle a pris un téléphone privé, je ne sais pas où elle habite.

Moi, j'ai passé les mois qui ont suivi à bouffer du sordide par tous les trous. À lire les pages les plus noires des journaux en buvant du gin dès 9 heures du matin. Après six semaines, on m'a coupé le téléphone, puis l'électricité et le gaz sont passés au minimum. À peine de quoi se suicider. Mais ça me suffisait. Je ne me lavais plus que de temps à autre, quand, dans un sursaut, je voulais me sortir de là et trouver du boulot. Mais avec une Polo sans vitres et des cernes comme des bananes séchées, les employeurs ne m'ouvraient ni leurs bras ni leurs portefeuilles. Prof, j'avais abandonné. J'ai essayé gardien de nuit, j'ai tenu deux semaines avant de me faire virer pour ébriété sur le lieu de travail. J'ai juste réussi à me faire engager pour glisser des toutes boîtes en porte-à-porte le mercredi matin. De quoi replonger dans le gin et regarder, sur le poste de télé qui ne captait plus qu'une seule chaîne publique, les débats de la commission d'enquête parlementaire, chargée de mettre en lumière les coins sombres de ce que l'on appelait désormais « L'affaire Dutroux ».

Je n'ai aucune idée du temps qui s'est écoulé comme ça. Des mois ? Des années ? Je bouffais des raviolis en boîte, des pizzas sous vide, du pain et du jambon quand j'avais envie de quelque chose de frais. Si j'avais voulu devenir riche, j'aurais pu. Il aurait suffi que je revende aux canards à sensation les centaines de lettres d'insultes que je recevais dans ma boîte. Pas toutes anonymes, rassurez-vous. On imagine que les gens sont tous lâches, mais ce n'est pas si simple. Si j'étais lâche, moi, je ne serais pas là, assis sur le lit, dans la cellule, à attendre que plus rien ne se passe. Les lettres, elles étaient toutes du même tonneau. Des menaces, des insultes, des malédictions. L'œuvre d'imbéciles qui avaient pris l'annuaire pour voir si

Marc Dutroux n'avait pas une de ses baraques à Wépion. Et, tout heureux de trouver une victime, ils avaient pris le temps de se défouler. Le pire de tout, c'est sans doute la lettre d'une sœur, envoyée du fond d'un monastère. La bonne célibataire de profession priait pour le repos de mon âme et intercédait auprès des saints pour que je ne sois pas condamné sans jugement.

Il y a des jours où j'aurais rêvé de m'appeler Adolf Hitler.

Ma vie était fichue. Quarante-cinq ans, alcoolique, divorce en cours, sans emploi, autant se flinguer au lever du soleil. Ma vie puait plus fort qu'une décharge de déchets non triés. Je me suis dit que je n'allais pas mourir pour rien. Que j'allais me venger. Que j'allais acheter un flingue, un vrai, pas comme celui du gendarme Afeu, que j'allais mettre mon uniforme, me pointer à Neufchâteau et abattre l'homonyme, à bout portant, avec tout le décor qu'il faut pour une bavure qui suinte sur tout le pays. Que j'en aurais sur le dos jusqu'à la fin de mes jours mais que ça n'avait aucune importance. Marc Dutroux contre Marc Dutroux, ça valait mieux que tous les scrupules.

Sauf que des scrupules, précisément, j'en avais des tas. Le moral à zéro, l'alcool dans le sang, je voyais pas pour quelle raison j'aurais dû buter ce type. Ce n'était pas lui qu'avait empoisonné ma vie, au fond ; c'étaient tous les autres. Les milliers d'autres. Tous ceux qui étaient prêts à montrer les salauds du doigt ou à les poignarder dans le dos si on leur avait bien appris comment distinguer les méchants des gentils. Ça ne servait à rien que je me venge. Pas sur lui, en tout cas. La culpabilité, c'est pas ça qui m'intéresse. Coupable ou innocent, on l'est tous un peu, ça dépend de quel côté on regarde. Ça dépend quel profil on montre pour la photo.

Je revoyais les images de Neufchâteau, le barbu qui descend les marches et la foule qui hurle sa haine. Qui est coupable là-dedans ? L'assassin, ceux qui veulent le tuer, ou moi qui suis assis et qui regarde tout ça, bouteille de gin à la main ?

Peu importe. Je n'avais pas encore trouvé la porte de sortie.

Elle s'est présentée toute seule, comme ça. J'étais dans la cuisine, je déballais des petits pains du Carrefour, quand j'ai entendu la nouvelle à la radio. Dutroux s'est évadé. Il paraît que personne n'y a cru, au début. Moi, j'ai dessaoulé d'un coup. Je me suis retrouvé debout, tout droit, à côté du frigo, avec le cerveau qui pensait à la vitesse d'un TGV au milieu d'une ligne droite. J'ai pris mon Walkman radio, je suis monté à l'étage. Ça se précisait. Il avait réussi à maîtriser un gendarme, à s'emparer de son arme de service. J'ai ouvert la garde-robe, j'ai saisi le flingue du gendarme Afeu, je l'ai regardé au bout de ma main, j'ai pas réfléchi longtemps. J'ai enfilé un pantalon de survêtement et un vieux pull sombre. Pendant que je nouais mes chaussures de l'armée, je me suis vu dans le miroir : trois mois de barbe sauvage, les cheveux gras, on m'aurait donné vingt balles à la sortie du centre commercial sans quitter son Caddie des yeux.

J'ai foncé à la voiture. J'ai roulé jusqu'à Neufchâteau, la carte sur les genoux. J'ai garé la bagnole dans le talus au bord d'un terrain de foot. Dutroux avait braqué une voiture, la radio ne donnait pas de détails. J'ai couru vers le centre. Au feu rouge, il y avait un type assis dans sa bagnole. Le genre de gars qui ne demande rien, qui ne se demandait rien, d'ailleurs, exactement comme moi avant que tout ça ne me tombe dessus. C'est sans doute pour ça que je n'ai pas réfléchi deux fois. J'ai ouvert la portière, j'ai plaqué le canon du pistolet sur sa tempe et je l'ai arraché de son siège. Il a gueulé comme un cochon pris dans un piège à souris et je me suis assis à sa place. J'ai démarré aussi sec.

La suite, vous la connaissez déjà, vous l'avez vue à la télévision, vous l'avez lue dans les journaux. J'ai roulé pas trop longtemps, juste ce qu'il fallait pour avoir l'air crédible. À peine dix bornes. Il y avait un petit bois comme tous les petits bois. J'ai foncé droit dessus. J'ai pris un chemin boueux, puis un deuxième. Je me suis laissé aller. J'ai respiré un grand coup. J'ai poussé les gaz à fond. Les pneus patinaient. J'ai joué avec les gaz pour rameuter tous les sourds du voisinage. Dans le rétroviseur, j'ai aperçu un garde-chasse qui se planquait derrière une poignée de bouleaux. Tout marchait comme dans un sketch du gendarme Afeu. J'étais prêt pour la chute.

Ils ont débarqué en force, l'arme au poing, de tous les côtés d'un coup. Bien organisés. Ils savaient qui j'étais. Ils m'ont dit de jeter mon arme, puis de sortir les mains sur la tête. J'ai fait ce qu'ils demandaient.

— Je m'appelle Marc Dutroux, je leur ai dit.

Ça les a fait rire. Ça m'a fait du bien. J'ai senti que j'avais trouvé ma place. À son tour d'aller se balader à l'extérieur. À son tour de ne plus pouvoir porter son nom. Il est libre maintenant, tout ça, c'est son problème. Qu'il cavale à l'aise ; j'irai à sa place au procès.

Je ne pense plus qu'à ça, maintenant. Je ne bois plus, je ne déprime plus. Je regarde le ciel derrière les barreaux, seul dans ma cellule, et je répète la phrase que je dirai au juge. Celle que je crierai en passant devant les caméras. Je la crierai pour les journalistes, pour les reporters, les envoyés spéciaux, les gratte-papier, les mesdames, mesdemoiselles, messieurs derrière leurs postes, les enfants pieds nus dans le jardin, les flics, les historiens.

— Tout ce que vous retiendrez de moi, c'est mon nom.

L'album de foot

Le football, c'est pas un sport pour les difformes. C'est comme ça qu'ils m'avaient annoncé que je pouvais pas faire partie de l'équipe de l'école. Que je pouvais pas porter le maillot orange et bleu sur le short en satin de la même paire de couleurs. C'est pourtant pas ma faute si j'ai une grosse tête, de gros mollets, de grosses cuisses, un gros ventre et de très grosses mains. Des mains avec des doigts beaucoup trop boudinés pour bien jouer aux billes. Et puis, comme je suis gros, je cours pas vite, et comme je cours pas vite, je dois courir plus longtemps pour arriver au même endroit que les autres, alors je suis plus essoufflé. Y a des fois où je me dis que quand on a distribué les talents, je devais être caché par un plus grand que moi. Parce que je suis petit, en plus. C'est pour ça qu'ils ne veulent pas de moi comme gardien à l'école. Pourtant, c'est moi le gardien de l'équipe du quartier. On joue sur le parking à côté de l'école. Nous, c'est le Royal Révolutionnaire Saint-Séverin. C'est le frère de Louis qu'avait inventé le nom quand il était plus jeune. Maintenant, il va devenir flic parce qu'il est intelligent. Il n'arrête pas d'aller à l'école, pourtant il a l'âge d'aller pointer comme tous les autres.

Les gars de l'école, eux, ils veulent pas de moi. Ils m'appellent tête de Turc pour se moquer. J'ai un prénom, je leur réponds quand j'ai le courage, je suis p't'être turc, mais je m'appelle Ugur. Et ça les fait encore plus rire. Surtout le grand Vincent. Son vrai prénom, c'est Vincenzo mais il n'aime pas qu'on sache qu'il est italien. C'est lui le chef de la bande de Fontainebleau et le capitaine de leur équipe de foot. Ce sont nos ennemis. C'est toujours contre eux qu'on joue les grands matchs de quartier. Comme demain, par exemple.

Vincent, c'est un sale type. Et des sales types comme lui, il y en a plein à l'école. Toujours prêts à rire parce que j'ai un trou dans mon pantalon, parce que je sens l'ail, parce que je fais toujours la faute avec les *ses* et les *ces*, ou celle avec les *c'est* et les *s'est*. C'est pas ma faute si mon père parle à peine le français et si le coran c'est le seul gros livre qu'il y a à la maison.

À l'école, tout ce qu'il me reste, puisque je peux pas faire partie de l'équipe de foot, c'est les autocollants. La collection d'autocollants de foot des albums Panini. Dans la cour, tout le monde a son album et ils échangent les doubles pour avoir les bons numéros. Faut avoir tous les joueurs de tous les clubs, même ceux de deuxième division qui sont deux par autocollant, et tous les écussons. Évidemment, c'est toujours les mêmes qui ont plein d'argent pour acheter les pochettes. Et comme c'est eux qui ont le plus d'autocollants, c'est eux aussi qui ont le plus de doubles.

Mais moi, je fais pas comme eux. Je dis à personne que je fais mon album. Je le fais en cachette, le soir dans ma chambre. Il y a que le grand Paul qu'est deux ans au-dessus de moi qui le sait. Et il me donne tous ses doubles parce que son père travaille dans un bureau à l'électricité et que sa mère est vendeuse de chaussures. Alors il peut tout se payer rien qu'avec son argent de poche. Il a toujours tout en premier : les billes quand il faut avoir des billes, les hula hoops, les scoubidous et même le yo-yo avec le centre qui bouge. Si il me donne ses doubles, c'est parce que ma mère fait le ménage chez ses parents, alors il est toujours sympa avec moi.

Et puis, y a aussi Franca qui me donne des autocollants. Franca, c'est mon ancienne voisine. Elle a déménagé de l'autre côté de l'école mais on est restés copains. Elle est à l'école des filles, chez les sœurs avec le voile et les uniformes sur la photo de classe. Il n'y a que Franca qui a déjà vu mon album. À elle, je montre tout. Elle sait que je le cache sous mon matelas dans la chambre. Pour m'aider à finir mes équipes, elle vole des autocollants avec la moche Christine. Les filles, ça collectionne pas, ça vole, qu'elle me dit à chaque fois. Christine, c'est un vrai garçon manqué. Elle fume des cigarettes quand elle vient regarder les matchs, elle court après les garçons et elle oblige le fils du libraire à lui voler des autocollants. Elle, elle garde les Lapinot et les Martine, alors, les autocollants de foot, c'est Franca qui les prend pour moi.

Mon album avance bien. J'ai déjà tous les joueurs du F.C. Liégeois, mais j'ai pas l'écusson. Et en division 2, j'avance bien aussi. Cet après-midi, le grand Paul m'a refilé vingt doubles d'un coup. Il y en a cinq que j'ai déjà, mais ça fait quinze que je vais pouvoir coller.

C'est pour ça que je me dépêche de rentrer. Je tourne la clef dans la serrure, je lâche un grand salut dans le hall minuscule, un salut qui s'en va rebondir sur les plateaux de cuivre, sur le narghilé du salon, pour aboutir sur les casseroles de la cuisine et les oreilles de ma mère. Je suis déjà en haut de l'escalier de bois brun recouvert de tapis rouge et vert. Je pousse la porte de ma chambre. Je soulève le matelas, je m'apprête à m'asseoir sur le sol mais non, il n'y a rien sur le sommier. Mon album n'est plus là. Ce n'est pas possible. Mon petit frère sait bien que s'il soulève ne fût-ce que d'un centimètre le matelas de mon lit, il peut faire une croix sur mon soutien dans la cour de récré. J'ai beau être petit, j'arrive quand même à impressionner les nains qui ont trois ans de moins que moi. Ça peut pas être mes sœurs non plus, elles n'ont pas le droit d'entrer dans la chambre des garçons. Y a que ma mère. C'est sûr. Elle a trouvé l'album, elle va me demander où j'ai volé l'argent pour me payer tout cela ; elle va m'interroger sous toutes les coutures. Elle va tout raconter à mon père quand il rentrera du chantier. Et avec lui, ça va barder.

Il faut que je file tout de suite, avant qu'il soit trop tard. J'enfile mon blouson de survêtement, je jette ma mallette sous le lit et je cours vers la porte.

Ma mère est là, au pied de l'escalier, un torchon de vaisselle à la main. Je rougis de la tête aux pieds.

— Tiens, Ugur, y a une copine à toi qui vient de passer, juste après l'école. Elle voulait te voir.

— Franca ?

— Mais non, pas Franca. J'aurais dit *Franca*, pas *une copine*. Non, une grande maigre avec des cheveux courts. Christiane, je crois.

— Je connais pas de Christiane. Tu l'as pas fait rentrer, quand même ?

— Non, non. Enfin, elle a juste demandé pour aller aux toilettes parce qu'elle habite loin.

En un instant tout devient clair comme de l'eau minérale. C'est pas Christiane, c'est Christine. Et Christine, elle est tout à fait capable de venir me faucher mon album.

— Et toi, t'es venue dans la chambre aujourd'hui ?

— Non, je voulais la nettoyer cet après-midi, mais j'ai pas eu le temps.

— Ben, moi, je file. Je dois aller à l'entraînement. On joue contre Fontainebleau demain. Il faut qu'on soit les plus forts.

Je dévale l'escalier, j'ouvre la porte d'entrée et je me lance au pas de course sur le trottoir et ses pavés bossus. Il faut que je retrouve Franca ; il n'y a qu'elle qui connaissait la cachette de mon album. Il n'y a qu'elle qui a pu demander à Christine de venir le faucher dans ma chambre.

Je tourne le coin, je remonte la rue vers le parking. À droite, il y a le petit parc en pente, tellement sale qu'on n'ose même plus y envoyer les chiens pour faire leurs besoins. C'est là que les deux types me tombent dessus.

Ils me coupent le chemin et me regardent du haut de leur tête avec un air de tueurs comme dans les feuilletons américains. Le frisé, c'est Angelo, et le grand, c'est Vincent, le chef de la bande de Fontainebleau.

— Bonjour, Ugur, qu'il me fait. C'est pas bien de courir comme ça, la veille d'un match. Ça pourrait te faire du mal, hein Angelo.

— Ouais, surtout quand on a perdu son bel *albome de foute*. Ça doit faire mal au bide.

J'en ai les jambes coupées. C'est pas un coup de Franca. C'est eux, les sales types d'en face, qui ont machiné cette histoire.

— C'est vous qui avez mon album ?

— Eh oui, tête de Turc. Mais on ne va pas lui faire de mal. Si tu es gentil avec nous, nous on sera gentils avec ton album. Et demain, tu pourra le récupérer. Après le match, bien sûr. Tu lui expliques, Angelo ?

— Alors, voilà, Ugur. Demain, c'est toi qui es au goal. On ne te demande pas grand-chose. Tout ce qui nous ferait plaisir, c'est que tu laisses passer le ballon quand il est bien placé entre les poteaux. Tu t'arranges. Tu n'as qu'à trébucher, glisser, te retourner le doigt. Tout ce que tu veux, mais il n'est pas question que tu empêches la balle d'entrer dans la cage. Tu m'as bien compris ?

— Oui, oui. Et qu'est-ce qui se passe si je ne parviens pas à m'empêcher d'arrêter la balle ?

Le grand Vincent colle son front contre le mien, il pince mon bras entre trois de ses doigts et ne le lâche pas.

— Si tu ne fais pas ce qu'on te dit, tu peux faire une croix sur ton album. Et tu peux te planquer dans la rue et à l'école parce que tous les gars de Fontainebleau seront là pour te faire la peau.

Il me serre les deux bras maintenant, et Angelo m'envoie un coup de genou dans la cuisse. Ça fait sacrement mal mais je peux pas hurler devant eux. Faut que je garde la face.

— On compte sur toi, Ugur, ça nous ferait plaisir de ne pas devoir nous salir les mains sur un Turc.

Franca avait raison. Vincent regarde trop la télévision. Y passe des soirées à regarder les films de gangsters que son frère va louer au vidéoclub. Il a quinze ans son frangin, alors les dessins animés c'est plus trop son truc. Et ça permet à Vincent de jouer les durs. Ma cuisse est comme paralysée par la douleur. Les deux types s'éloignent. Ils repartent le long du parc vers la bretelle d'autoroute.

Dès qu'ils ont dépassé le coin du parc et l'entrée du parking, je sens les larmes qui se poussent vers le bord de mes yeux.

— Ugur ! Ugur !

Ça vient de mon dos. Je me retourne. C'est Franca qui se ramène avec sa robe de basket américain. Il manquait plus qu'elle.

— J'veux plus te parler, je lui crie. T'es qu'une voleuse ! Va jouer avec les gars de Fontainebleau. Va les trouver et reste avec eux. T'es plus ma copine. J't'avais confié un secret et t'en as profité pour m'avoir. T'es dégueulasse.

— Qu'est-ce que c'est que c't'histoire ? Quel secret ?

— Fais l'innocente. Mon album, tiens. Qui c'est qui leur a dit où était mon album, hein, qui c'est ?

Je ne parviens plus à retenir les larmes. Ça coule sur mes joues et c'est chaud et salé.

— J'ai rien fait, moi, Ugur. Je sais même pas de quoi tu parles.

— Je parle que je croyais que t'étais mon amie et tu m'as trahi. Voilà ce qu'il y a.

Je pars en courant, je redescends la rue. Il faut que je m'enferme dans ma chambre, que je me cache, que je pleure. Et surtout, il faut que je ne voie plus Franca. Je la déteste.

— Mais j'ai rien fait, moi, crie encore Franca. T'es vraiment qu'un malade. Un p'tit gros plein de maladies. Va te faire soigner et retourne chez toi !

C'est ce que je fais, des larmes pleins les yeux et je m'écroule sur le couvre-lit.

*

On frappe à la porte de ma chambre. Il est 18 h 20 sur les gros chiffres rouges de mon radioréveil. Ce n'est pas le genre de ma mère de frapper à la porte. Ni celui de mes sœurs. Ce n'est pas quelqu'un de chez nous. Je renifle, je m'essuie les yeux sur le couvre-lit.

— 'trez !

— C'est moi, dit Franca en ouvrant la porte.

Ça tombe bien. Je crois que c'est la seule personne que j'avais envie de voir. À la fois pour lui arracher les cheveux et pour lui raconter tout ce qui pèse très lourd un peu plus haut que mon estomac. Dans la vie, c'est comme ça, on a beau ne pas l'accepter, ce sont toujours les gens qu'on voudrait détester qui font tout pour qu'on tombe à leurs pieds. Franca, en tout cas, elle est comme ça.

— J'te demande pardon, Ugur. J'ai été une imbécile. J'me suis fait avoir par Christine. Ça faisait plusieurs jours qu'elle me posait des questions sur toi. Elle disait qu'elle voulait te faire un cadeau pour ton anniversaire.

— C'est passé, mon anniv', c'est en avril. On est en novembre.

— Ben, moi, je l'savais pas. Je trouvais que c'était gentil. Alors je lui ai parlé de ton album ; elle voulait savoir ce à quoi tu tenais le plus sur la terre. J'ai vraiment été nulle. Je suis allée chez Christine, je lui ai dit qu'elle était dégueulasse. Elle m'a expliqué qu'elle embrassait Vincent sur la bouche depuis samedi dernier et qu'elle traînait avec les gars de Fontainebleau. Moi, j'lui ai dit que si c'était comme ça, je n'étais plus sa copine.

— T'as bien fait. Toi au moins t'as du courage.

— Elle avait quand même l'air triste. Quand j'ai voulu partir, elle m'a dit de rester. Elle m'a dit qu'elle savait où était l'album. Il est dans le bois, derrière les terrains de foot.

— Les vrais terrains, avec l'herbe, la terre et la brique pilée autour ?

— Oui. Il paraît que dans les bois il y a une baraque en ruine. C'est là que la bande de Fontainebleau a installé son Q.G. C'est là qu'ils ont planqué ton album.

— Les salauds.

— Mais moi, tu vois, j'y suis pour rien.

Je ne sais pas ce qu'il faut dire dans des moments comme ça. Sans doute qu'un jour je saurai. Pour l'instant, je n'ai que neuf ans et neuf ans c'est pas vieux pour savoir comment dire à Franca qu'elle a été gentille. Alors, comme dans les films, j'enfile ma veste de survêtement, je renoue mes baskets et je me lève du lit.

— Où tu vas ?

— À ton avis ? Je vais chercher ma collection. Et personne n'a intérêt à se mettre sur mon chemin.

Avant de franchir la porte de ma chambre, je me retourne vers Franca. Elle est beaucoup plus près que je ne l'imaginais, mon nez touche presque sa joue. J'ai l'impression que mes grosses mains avec leurs gros doigts sont comme des ballons de foot qui pendent au bout de mes bras.

— Sois prudent, murmure-t-elle.

— T'es gentille, je lui dis.

Et je dépose un bisou sur sa joue avant de descendre l'escalier.

*

Évidemment, à cette heure-ci, un soir de novembre, il fait froid, il fait noir. Mais je ne vais pas abandonner mon trésor aux mains de ces bâtards. Je suis peut-être petit, je suis peut-être gros mais je ne suis pas lâche. Je ne vais pas laisser mon album passer la nuit tout seul. Je l'ai habitué au confort d'un sommier et à la chaleur d'un matelas, je ne peux pas le laisser gondoler dans l'humidité.

Je traverse le petit parc, puis la voie rapide à quatre bandes. Les phares tracent des flaques de lumière dans lesquelles les voitures tentent de rouler. Mais les flaques se déplacent à la même vitesse que les voitures et la course-poursuite continue dans le lointain. Les lampes de la route diffusent une lueur orange. Je grimpe l'escalier de béton qui mène en haut de la colline. C'est là que les terrains de foot se cachent pour la nuit. En haut de la ville, là où on descendait dans la mine pour chercher le charbon quand mon père était encore un gamin en Turquie.

Je suis arrivé au sommet. L'air est tiède, le vent porte la rumeur de la ville jusqu'à mes baskets. Il y a des ronflements de moteurs, des bruits de télévisions et le hurlement d'une sirène sur la colline en face. Je vois la lumière bleue qui se déplace et remonte une rue qui zigzague. Mais ce n'est pas le moment de contempler le paysage ; je me remets en marche.

La grille qui donne accès aux terrains est défoncée. Le grillage ondule sur le sol, je marche dessus comme sur un trampoline ramolli. Il n'y a personne à cette heure-ci sur les terrains. Je me mets à courir. Il n'y a plus d'éclairage ici, il n'y a que la lune. J'aurais dû apporter une boîte d'allumettes.

Le bois se dresse derrière le troisième terrain. Je tente d'allonger le pas mais je souffle déjà comme un bœuf qu'on fouette. Je me remets à marcher à l'entrée du bois. La lune passe à peine entre les branches dépouillées. J'espère qu'il n'y a personne dans le coin. Je ne voudrais pas croiser quelqu'un, seul dans le bois. Je ramasse un bâton, je le serre très fort dans ma main droite. Je ne vois pas mieux, je n'ai pas moins peur, mais j'ai un peu plus de courage. Un étroit sentier de terre s'avance en sinuant. Je vais le suivre pour ne pas me perdre. Je marche lentement. J'écoute, je regarde de tous côtés. J'ai très envie de faire demi-tour et de revenir demain. Je crois que je vais m'y mettre tout de suite : je vais me retourner, je vais courir et rejoindre la route, la rue, là où il y a de la lumière. Devant moi, le bois me semble interminable.

Je me retourne. Le bois me semble tout aussi épais. C'est par là que je suis venu ? Mais qu'est-ce qui m'a pris de venir ici au lieu d'aller sonner chez Paul pour jouer avec son nouvel Atari sur la télévision ? J'entends mes dents qui claquent. Je frissonne. Je ne sais si c'est la peur ou le froid mais je me décide à rentrer. J'avance en tâtant du pied pour ne pas quitter le sentier et, d'un coup, je vois la baraque.

Pas d'hésitation possible. C'est tout noir et massif à la droite du sentier, à trente mètres tout au plus. Je ne l'ai pas vue en venant dans l'autre sens mais ça doit être elle. Une sorte de maison sans étage, écroulée au milieu des bois. Tout d'un coup, ma peur fout le camp, mes jambes se déplient. Je cours, je bondis, je saute par-dessus les tas de feuilles, les ronces, les branches qui pourrissent. Me voici au pied de la baraque. Il n'y a plus que deux murs en gros blocs gris comme ceux que mon père transporte sur le chantier. Le reste est écroulé. Sauf la moitié du toit. La lune n'éclaire pas l'intérieur mais ma peur a dû rester sur le sentier. Je pénètre dans la cabane. J'avance vers le fond et mon pied bute contre un objet métallique. Ça fait *dong* comme les armoires en métal à l'école quand on les referme trop fort. Je m'abaisse, je tâte. C'est un coffre en métal. Je le tire sous la lune. Ça fait un boucan d'enfer, ça racle le sol et les blocs arrachés.

Je soulève le couvercle. La lune éclaire l'intérieur du coffre. C'est un véritable trésor de guerre. Il y a des fardes de cigarettes, des allumettes, deux ballons de basket avec le nom de l'école dessus et, posé sur le tout, ma collection d'autocollants. Je dépose mon bâton. Je tire mon album de la malle et je le colle contre mon ventre. Tout est bien qui finit bien. Je n'ai plus froid, je n'ai plus peur. J'ai retrouvé mon album de foot. Avant de partir, je vérifie quand même que c'est bien ma collection et que ce n'est pas l'album d'un autre qu'on est venu déposer au milieu des bois. Je craque une allumette, j'ouvre l'album.

Les salauds !

Les salauds.

Ils ont tout griffonné. Ils ont redessiné chacun des autocollants, avec un gros marqueur noir qui ne s'efface pas. Je frotte avec mon doigt mais ça ne sert à rien. Je reconnais le feutre. Ils ont tout foutu en l'air. Ils ont rajouté des moustaches et des barbes à tous mes joueurs. Ils ont noirci les dents d'Éric Gerets, ils ont mis un bandeau de pirate à Frankie Vercauteren.

Le pire de tout, c'est qu'ils ont dessiné des lunettes à tous mes gardiens. Ça n'a pas de sens, un gardien à lunettes, si le ballon vient dans la face, il est obligé de protéger ses montures.

Les salauds. Il n'y a que ces mots-là qui me viennent à l'esprit. Ma tête se vide, mes jambes flageolent. Je me sens tout d'un coup comme si le prof m'envoyait au tableau pour réciter alors que j'ai pas étudié la leçon. De mon ventre, je sens monter comme une boule, qui me donne envie de pleurer, de m'écrouler sur le sol, de casser la baraque pierre par pierre, d'abattre l'un après l'autre chaque arbre du bois et ceux du parc en bas de la colline. Les salauds. Je sanglote seul dans le noir.

C'est alors que j'entends les pas. Des branches qui craquent, des rires. Quatre points jaunes qui se balancent dans l'obscurité. On vient. Ça doit être la bande de Fontainebleau. Je n'ai pas le temps de réfléchir, je planque l'album sous ma veste et je cours me coucher dans les feuilles derrière la cabane. Je retiens ma respiration. Je sens ma jambe droite qui tremble. J'ai des fourmis qui grésillent dans la gauche. J'ai peur. Vraiment peur. Les quatre lampes s'approchent. Vincent est en tête avec Angelo. Derrière, ce sont les deux fils de la boulangerie. Deux monstres avec des muscles comme des ballons de rugby. Vincent s'arrête le premier.

— Stop ! Regardez ! On est venu fouiller le quartier général ! Quelqu'un a osé poser ses grosses pattes sur notre malle.

— Vincent, l'album du Turc n'est plus là. C'est sûrement lui qui a fait le coup pour se venger.

— Ça peut pas être lui, il fait dans son froc dès qu'il entend parler de nous.

— Si c'est lui, reprend la voix de Vincent, je vais l'étriper. Je vais lui arracher les yeux et les coller dans un album Panini.

— Pas avant le match, Vincent, il faut que ce soit lui au goal. C'est le plus nul de toute la ville. Si tu l'amoches, ils vont le remplacer par un gars qui pourra rattraper le ballon.

— C'est vrai, ils pourraient même mettre une fille à sa place, ce serait moins grave.

Et j'entends quatre rires qui rebondissent dans le froid de la nuit. La boule a continué de monter depuis mon estomac. Elle gonfle, elle gonfle. Maintenant, c'est un véritable ballon de foot qui se bloque dans ma gorge. Je n'arrive plus à avaler. J'ai les yeux trempés, mes mains serrent l'album d'autocollants et mes ongles s'enfoncent dans le carton de la couverture.

— En tout cas, si c'est le nain turc, ajoute Vincent, il va vite comprendre qu'on ne peut pas violer notre territoire. On va lui couper les couilles.

Je n'ai pas tout compris mais j'en ai marre. Il lâche encore une connerie mais les autres ne rient plus. Ils font face à Vincent et ils me voient apparaître dans son dos, mon album à la main.

— Je suis là, Vincenzo. C'est moi, le gros Turc. Alors, si tu veux me dire quelque chose, c'est le moment.

Mon cœur bat plus fort qu'un sac de sable quand Rocky est à l'entraînement. Vincent se tourne, je ne vois pas son visage parce que les lampes de poche des autres m'éclairent dans les yeux.

— C'est notre territoire ici. Personne n'a le droit de fouiller dans notre cabane. Et je m'appelle Vincent, espèce de cochon plein d'ail.

Vincent s'élance vers moi à toute vitesse. Je veux reculer et m'enfuir mais je vois le corps de Vincent qui s'écroule sur le sol, le pied coincé dans un bloc de ciment. Je n'attends pas plus longtemps : je me mets à courir. Je cours dans le bois sans m'arrêter, je cours le long des terrains de foot, je cours dans les escaliers, je cours dans le parc. Je cours encore dans la maison. Je n'ai plus de souffle. Mon survêtement est trempé, je tremble de froid. Deux minutes plus tard, je m'endors sur le couvre-lit, tout habillé. Mes baskets couvertes de boue pendent au bout de mes pieds.

*

Le lendemain, le match n'a pas eu lieu. Moi, de toute façon, j'étais cloué au lit avec quarante de fièvre. Franca est venue me voir ce matin. Elle m'a apporté un nouvel album Panini et une boîte entière d'autocollants de foot. Elle s'est réconciliée avec Christine et c'est elle qui a volé la boîte chez le libraire, pour se faire pardonner. Elle a profité de la confusion. Parce que cette nuit, la terre a tremblé. Il paraît que tout a bougé dans la maison. Mais moi je dormais, je ronflais même peut-être, et je me suis pas réveillé. À ce qu'on dit, du côté de Fontainebleau et par là sur toute la colline, ça a tremblé encore plus fort. Il y a des façades fissurées et des cheminées qui s'écroulent.

Avec un événement pareil, il n'y a personne qui a pensé au match. Tout le monde était trop occupé à regarder les pompiers et les bonshommes verts de la protection civile qui reclouaient les maisons.

Moi, en tout cas, c'est décidé, j'arrête le foot. À partir d'aujourd'hui, le sport que je veux faire, c'est du judo. Avec ça, il pourra toujours essayer de me voler mes albums, le grand Vincent. Je l'attends déjà. Pourtant, d'après mon petit frère, je ferais mieux d'essayer le sumo.

Pascal et ses pensées

Il y avait, derrière l'église, une petite bâtisse de pierre au toit pentu, dont la porte d'entrée, en bois vermoulu, trônait au sommet d'une volée de marches usées par les siècles. C'est sur cette porte qu'un poing s'abattait avec fureur depuis plusieurs minutes.

— Sors de là, curé, je sais que t'es là. J'ai besoin de tes services ! s'égosillait le type, dont la main solide et ridée martelait la porte sans discontinuer.

Il tourna la tête pour scruter la rue, son visage ressemblait à une carapace de crabe, rouge et luisante, qu'on aurait fichée sur un vieux manteau usé et des épaules tombantes. Au milieu de l'animal, un nez crochu comme une pince de crustacé et deux yeux minuscules, retranchés au fond d'un entonnoir de rides.

— Qu'est-ce que vous regardez comme ça ? demanda-t-il dès qu'il m'aperçut, vous voulez ma photo ? Mon portrait en couleurs ?

Mais il dut s'interrompre car une quinte de toux, jaillie du fond de ses poumons, remontée en raclant tout sur son passage, le secoua de bas en haut. Je me précipitai pour l'empêcher de tomber.

— Je vais crever, murmura-t-il. Je vais crever et le curé se sera débiné en dernière minute. Je n'aurai pas le temps d'en trouver un autre. N'aurai pas le temps…

Il descendit les quelques marches, prenant appui sur la rambarde de fer forgé d'un côté et sur mon bras de l'autre. Il fut gagné par une nouvelle coulée de toux, cracha sur le trottoir, puis, dans une soudaine volte-face, se tourna pour cracher sur le presbytère. Un glaviot jaunâtre atteignit la poignée et se mit à couler lentement vers le sol.

— N'êtes pas curé, vous, par hasard ?

L'idée m'a fait sourire. Comme si on pouvait entrer dans les ordres par hasard, par le jeu du destin et les aléas de l'existence ! J'ai nié de la tête et ça a eu l'air de le soulager et de l'embrouiller à la fois. Quel âge est-ce qu'il pouvait avoir ? Avec les cheveux blancs qui lui jaillissaient des oreilles et les pattes d'oie qui lui bouffaient la moitié du visage, je lui aurais donné cent ans ou presque. Quoique. Après le coup du crachat et à sentir son odeur de vieux fauve en fin de chasse, je ne lui aurais rien donné du tout. Pas même prêté, à vrai dire. Un bon bain chaud, à la limite, mais sans garantir l'état de la baignoire à la fin de l'opération. Il avait une véritable tête de crapule et des ongles d'oiseau de proie, aussi longs qu'ils étaient noirs et pointus. Le genre d'homme au long cours dont l'existence n'avait pas dû couler paisiblement.

— Vous avez un téléphone portable ? qu'il a encore demandé.

J'en avais un, mais si je le lui avouais, il allait certainement vouloir s'en servir et j'allais devoir lui expliquer comment faire, quel bouton appuyer, où coller son oreille, et la simple idée que ses lèvres couvertes d'écume blanche s'approchent de mon portable me dégoûtait.

— Il me faut un curé, qu'il a répété, je ne peux pas crever comme ça, c'est trop con, tout ça n'a pas de sens.

Je ne pense pas qu'il s'adressait à moi. Les paroles sortaient de sa bouche mais se retournaient contre lui-même. Il avait le regard vide et les mots creux du gars que la ville a rendu fou, le solitaire dans la foule, qui se terre dans son petit deux-pièces, la télé allumée à longueur de journée, la radio le reste du temps, sans jamais ni une visite ni une conversation. Un instant, je me suis demandé si j'allais finir comme ça aussi, un jour, dans un demi-siècle ou bien plus tôt, mais j'ai aussitôt pensé qu'avec ce que je fume je ne tiendrai jamais jusque-là. Pour une fois que les statistiques sanitaires jouaient en ma faveur, ça m'a soulagé.

— À quelle station est-ce qu'il y en a, des églises avec des permanences ?

— Je ne sais pas, que j'ai répondu. Pendant les offices, il y a des prêtres, mais ce n'est plus comme avant, il n'y en a plus assez pour en loger un dans chaque paroisse.

Je me suis entendu articuler ces mots et j'ai eu l'impression que ce n'était pas moi qui les prononçais. Qu'est-ce que j'y connaissais, moi, au fond, en soutane et en goupillon ?

— Je n'en demande pas des tas, moi, qu'il a repris. Je n'en ai besoin que d'un. Mais vite.

Il avait l'air vraiment perdu. Ses yeux se fermaient par intermittence. Je ne savais pas si je devais interpréter ça comme une défaillance physique ou comme le signe qu'il se concentrait à l'intérieur pour trouver une idée.

— Si j'y fous le feu, à sa baraque, il faudra bien qu'il vienne l'éteindre, le cureton, non ?

Il a dit ça avec un air parfaitement sérieux, mais à mi-voix. Je n'étais pas sûr qu'il voulait que j'entende. Puis il s'est remis à tousser comme un enragé, son visage devenait de plus en plus rouge.

— Vous êtes sûr que tout va bien ? Est-ce que je ne devrais pas appeler une ambulance, plutôt, ou un médecin ?

Il se redressa d'un coup, ses petits yeux noirs braqués au fond des miens :

— Vous voyez que vous avez un téléphone ! Appelez-moi un évêque, un chef de l'Église, un important, qu'il m'envoie un prêtre en vitesse. Vous voyez bien que je vais y passer, c'est une urgence, nom de Dieu !

L'expression me parut étrange, dans ce contexte-là surtout, et je ne savais que faire. Je ne connaissais pas bien le quartier, j'y passais parfois, quand je délaissais le métro pour marcher à travers la ville, mais je n'avais aucune idée de qui pourrait me venir en aide dans une situation pareille. Tout ce dont j'étais sûr, c'est que le vieux était sérieux et que son état physique laissait craindre le pire. Même si je n'ai jamais obtenu que mon brevet de premier soin auprès de la Croix-Rouge, il y a des signes que je sais déchiffrer, même les yeux fermés.

— Il faut vous asseoir, que j'ai proposé. Je vais aller chercher de l'aide.

— Pas de l'aide, nom de Dieu, un curé ! J'ai assez vu de médecins comme ça, il faut que je passe à la vitesse supérieure. Je ne vais pas me laisser mourir ici sans réagir.

Je n'aurais pas dû me laisser faire. J'aurais dû passer mon chemin dès le début, l'ignorer simplement comme les passants le faisaient sans exception, depuis le début de notre discussion. Ils se donnaient des airs de gens très occupés, préoccupés par la pointe de leurs chaussures et la propreté du trottoir. Ils avaient chacun de très bonnes raisons de détourner le regard de cet homme que la mort allait bientôt venir chercher. On n'aime pas voir la mort en face. Ni même de biais. On n'aime pas voir la mort tout court. On préfère fermer les yeux, quitte à se prendre le front dans un réverbère et le pied dans une crotte de chien.

J'aurais dû faire comme tous les autres. Mais le temps était beau ce jour-là, un soleil d'automne pointait à travers les feuilles de marronniers, ça invitait à flâner et à se laisser errer au fil des rencontres.

La prochaine fois, c'est certain, je saurai à quoi m'en tenir. On ne m'y reprendra pas deux fois. Mais là, c'était une première, j'ai eu pitié, je voulais lui venir en aide.

Je l'ai aidé à s'asseoir et je suis parti au pas de course. Je ne sais même plus bien comment j'ai trouvé. J'ai d'abord consulté l'horaire des messes à l'entrée de l'église, puis les affichettes qui annonçaient les veillées et les services spéciaux. Il y avait une adresse d'inscription pour les bénévoles qui voulaient se joindre à la distribution des vivres. C'était à deux rues de là. J'ai couru à toutes jambes. Pas de bol, c'était tenu par des bénévoles et une bonne sœur, qui venait superviser les opérations deux fois par semaine. Pas de prêtre sur place. Mais des curés, eux, ils en connaissaient des tas. Au point que ça leur a pris quelques minutes pour se mettre d'accord sur lequel il fallait appeler.

— C'est pour une extrême-onction ? m'a demandé un grand maigre qui semblait diriger les débats.

— On dit le sacrement des malades, Henri, corrigea la petite vieille en kilt ras des chevilles. On n'est plus sous Pie XII.

— Peu importe, a-t-il repris, c'est pour quelqu'un qui a besoin d'une dernière prière ?

— Je pense bien, oui. Mais je n'y connais pas grand-chose.

— Alors il faut le père André, il est toujours très juste dans ses prières, il connaît les mots qui apportent le réconfort…

— Ça dépend de l'âge, ça, rectifia encore la vieille en kilt, pour les jeunes, il est bien, André, mais si c'est une personne d'un certain âge, il vaut mieux le père Simon de Saint-Boniface, lui au moins il peut encore tout réciter en latin si c'est nécessaire.

— Et il a un scooter, renchérit le chef, ravi à cette idée.

— Mais il n'a pas de portable, lui, rappela la vieille.

Ils prenaient leur pied, de toute évidence. L'idée de sauver une âme éveillait leur sagacité. Ils avaient vraiment envie de trouver le prêtre idéal.

— Ce n'est pas grave, trancha le chef, je peux le joindre chez lui. À cette heure-ci, je suis sûr qu'il fait la sieste.

Et c'était bien le cas. La sonnerie parvint à le réveiller et le grand maigre à le convaincre qu'il était urgent de rappliquer à l'ancien presbytère pour dispenser les ultimes sacrements à un fidèle en souffrance. Ils me remercièrent trois fois pour les secours que j'avais apportés au vieil homme et insistèrent beaucoup pour que je les rejoigne à la chorale et aux réunions d'échange évangélique. Pour m'éclipser plus rapidement, je leur ai promis tout ce qu'ils voulaient entendre, puis j'ai repris ma course sur les trottoirs de la ville, entre les mamans à poussette et les types avec leurs mp3 qui ne m'entendaient pas arriver. J'ai failli me faire écraser par un bus et j'ai sérieusement dérapé sur les premières feuilles mortes en remontant le long de l'église, mais j'ai parcouru le trajet le plus rapidement que j'ai pu.

Quand je suis arrivé au perron de pierre bleue, il n'y avait plus personne du tout. Le vieux avait disparu. J'ai senti la rage bouillonner à l'intérieur de mon bide, puis je me suis calmé. Le vieil homme n'avait pas pu s'enfuir comme ça, sur un simple coup de tête. S'il n'était plus là, c'est qu'on l'avait emmené, qu'il avait eu un malaise plus grave que ses quintes de toux et qu'une ambulance était venue l'embarquer. J'ai tenté de poser la question aux passants, mais ils semblaient avoir mieux à faire. J'ai alors pensé au marchand de journaux, dans son kiosque, de l'autre côté du marronnier, j'ai foncé jusqu'à lui, j'ai dû attendre qu'il vende un *Marie Claire* à une rousse en imper, puis deux paquets de clopes, un *Science et Vie Micro* et un *Max* spécial lingerie à un gros type à boutons et à lunettes, dont le sweat-shirt affichait de larges auréoles jaunes sous chaque bras. Quand enfin vint mon tour, le marchand m'expliqua qu'il n'avait rien vu, que non, une ambulance, sûrement pas, avec le potin que ça fait, ces trucs-là, il se serait rendu compte.

Où était donc passé mon mourant ?

Je suis reparti vers la vieille bâtisse de pierre, le pas lent, la tête traversée par mille hypothèses invraisemblables. Il s'était senti mieux, avait changé d'avis, avait flairé une bonne odeur et décidé de se taper un gueuleton, avait rencontré la vieille femme de sa vie, s'était endormi pour de bon et avait fondu sous le soleil de septembre…

C'est alors que je l'ai vu, garé de l'autre côté de l'arbre : un scooter mauve cardinal, avec un médaillon de saint Christophe pendouillant au guidon et un couvre-selle brodé de croix argentées. Une vraie papamobile en devenir. Je me suis approché, le pot d'échappement était tiède : le curé était sans doute arrivé avant moi. Ça expliquait tout. Ils étaient probablement entrés ensemble dans le bâtiment, ils étaient occupés à sermonner en latin, à messe-basser dans un coin. J'ai senti un sourire envahir mon visage. J'avais accompli mon devoir. J'avais sauvé une âme, peut-être. J'avais beau ne pas croire le moins du monde à ces rituels catholiques, ne plus avoir mis les pieds dans un lieu sacré depuis une vingtaine d'années, je m'appelle Pascal, je sais qu'il y a un pari qui porte mon nom et qui soulage parfois les consciences. Si j'avais permis qu'une vie s'éteigne apaisée, alors je n'avais pas perdu ma journée.

J'étais fier de moi.

C'est un cri aigu qui m'a tiré de mes pensées. Un hurlement, même. Pareil à celui d'un coq qu'on émascule, celui d'un conducteur de 4×4 qui découvre ses quatre pneus crevés, celui d'un curé qu'on égorge… Mon sang se glaça sur le coup. Je tournai la tête, ils étaient là tous les deux, le vieux dans son manteau râpé et le curé tremblotant, le collier de barbe hérissé, les yeux hagards, un large couteau de cuisine collé contre la gorge ; ils étaient là tous deux, serrés l'un contre l'autre, sur le rebord du toit de l'église, à vingt mètres du sol.

— À l'aide, criait le curé, à l'aide ! Sauvez-moi !

Et c'est alors que j'entendis crier :

— Ne bougez pas, j'arrive ! Ne faites pas de connerie, je vous en prie.

C'était moi qui avais dit ça et j'en étais le premier étonné.

Je me vis courir jusqu'à la porte du presbytère, l'ouvrir à la volée et m'enfoncer dans le bâtiment. Il y avait un casque de moto posé sur la table, deux verres à moutarde à moitié remplis de vin, une chaise renversée et une porte ouverte sur un couloir. Je m'y enfonçai au pas de charge, pour tomber sur une autre porte, traverser une pièce sombre qui puait l'encens et le tissu moisi, ouvrir une nouvelle série de petites portes en bois sombre, pour finalement découvrir que l'une d'entre elles donnait sur un escalier en pierre qui s'élevait en tournant le long du mur de l'église. J'avais le tournis, les jambes en feu, mais je touchais au but. En haut de l'escalier, un passage étroit menait à une porte ouverte par laquelle j'aperçus la lumière éblouissante du dehors. Je clignai des yeux en débouchant sur le rebord du toit. Ils étaient là tous les deux. Je n'osais pas regarder vers le bas, il devait y avoir foule car la rumeur montait jusqu'à nous, des voix et des exclamations se mêlaient au bruit des moteurs et au tumulte de la ville.

Maintenant que je les avais trouvés, que pouvais-je faire ? Tenter ma chance ?

— Ne faites pas de connerie que vous pourriez regretter, monsieur. Je vous en prie.

Je ne devais pas avoir l'air convaincant, car le vieux m'a aussitôt rétorqué :

— Toi, je t'ai assez vu pour aujourd'hui. Je vais claquer, les docteurs me l'ont dit. J'ai été à Lourdes, j'ai envoyé des cierges à Lisieux et à Fatima, ça ne sert à rien tout ça, c'est que de la connerie pour qu'on gaspille son fric. J'ai les poumons qui lâchent.

Le curé avait le visage presque aussi rouge que celui du vieux. L'air commençait à lui manquer. Le couteau entaillait déjà la peau de sa gorge.

— Si vous lâchiez le prêtre justement, ai-je proposé, on pourrait parler de tout ça…

— Non, mon gars, c'est lui dont j'ai besoin, maintenant. Avant d'y passer, je veux faire mon pari de Pascal. Puisqu'il y a une chance sur deux qu'il n'y ait rien là au-dessus et que tout ça soit une mascarade, moi, je choisis l'autre côté de la pièce, je veux bousiller un cureton avant d'y passer. Et si je pouvais égorger le gros porc pansu qui dort dans ses nuages, je le ferais volontiers, et toute sa descendance, le Saint-Esprit et le barbu, puis je coucherais avec la…

— Taisez-vous, blasphémateur ! interrompit le prêtre, à bout de souffle, mais révulsé jusque dans les orteils. Taisez-vous ou…

L'homme desserra alors son étreinte et recula d'un pas.

— Taisez-vous ou quoi ? demanda-t-il. Ou la foudre s'abattra sur ma tête ? Ou le Père Noël descendra sur son grand traîneau ? C'est trop tard pour vouloir me faire bouffer des couleuvres. J'ai donné tout au long de ma vie, depuis les anges gardiens sur mon berceau jusqu'au royaume des cieux qu'il faut gagner en fermant sa gueule. Eh bien, j'en ai assez. Si ça n'arrange pas vos patrons, qu'ils me foudroient sur place. Après toute une vie de mouton, l'heure est venue de faire payer au moins un berger.

— Calmez-vous, tentai-je, en vain.

Il n'écoutait plus, il avait le regard vide des types qui ont tant perdu qu'ils n'ont plus rien à perdre.

— Les mécréants, vous leur fourguez le pari de Pascal, pour qu'ils se rachètent en dernière minute et vous mettent en bonne place sur leur testament. Eh bien, moi, je fais le contraire, pour régler mes comptes avant le départ, je vais égorger un prêtre. Si Dieu n'existe pas, j'aurai au moins soulagé ma conscience. Et s'il existe, il me serrera certainement la pogne pour récompenser mon culot. Au milieu des moutons, celui qui fait avancer le troupeau c'est le chien qui aboie.

Son regard portait à présent sur le panorama devant nous, sur l'étendue des toits, le ciel bleu tirant vers le gris et les frondaisons des marronniers que le vent agitait à quelques mètres à peine de la rambarde de pierre. Il semblait perdu dans ses pensées. C'était le moment ou jamais. Il fallait que j'attrape le couteau.

Je me suis jeté de toutes mes forces, droit sur son poignet, les deux mains en avant. Il ne s'est pas débattu, pas le moins du monde. Il m'a laissé le désarmer, tandis qu'il toussait à s'en arracher les poumons. J'ai pris l'arme, je l'ai balancée dans le vide. Soulagé.

Quel con.

En bas, il y avait la foule. J'ai entendu que ça criait, je me suis penché pour voir si j'avais blessé quelqu'un, c'était difficile à discerner, car les gens remuaient en tous sens, pris de panique. J'avais déclenché un fameux bordel. C'est alors que j'ai entendu dans mon dos le vieux qui murmurait :

— Oh, après tout, un curé ou un plouc, qu'est-ce que ça change ? À l'échelle de l'Univers… Si Dieu n'existe pas, ça ne fait pas de différence…

Puis j'ai senti une poussée d'une force inouïe, j'ai vu se rapprocher les feuilles les branches les lampadaires la mobylette les gens.

Puis je n'ai plus rien vu du tout. Plus rien entendu non plus.

La prochaine fois, je fais comme tout le monde, je passe mon chemin en gardant le regard vissé sur les pavés.

S'il y a une prochaine fois…

À vrai dire, je commence à en douter.

Pas de vacances pour le chien brun

Quand on a retrouvé Pinot le lapin, éventré dans la cage d'escalier, j'ai cru que c'était le gosse qui s'était payé un carnage avant de partir en vacances et je n'ai pas cherché plus loin. Mais ce matin-là, quand j'ai aperçu Yoyo, le téléphone rouge à roulettes, explosé sous la chute d'un fer à repasser, j'ai tout de suite senti que quelque chose ne tournait pas rond. C'était du travail de maniaque ! Le cornet était fendu sur toute la longueur, le cadran disloqué avait roulé sur plus d'un mètre et un des gros yeux ronds avait été réduit en miettes sous le choc.

Si j'avais eu un estomac, il en aurait certainement été retourné. Mais nous, les peluches, nous avons la vie dure et la mort fait partie de notre quotidien. Sauf qu'un téléphone écrasé par un fer à repasser en pleine nuit, ça ne laisse pas indifférent, surtout quand le sale gosse est parti avec ses parents à la Costa del Sol depuis trois jours. Ça sent le règlement de comptes ou le meurtre crapuleux.

Je n'avais pas encore quitté le placard que ma décision était déjà prise : ce bon vieux Tom allait reprendre du service et la crapule qui avait dégommé mon ami Yoyo devrait se tenir sur ses gardes.

Ça commençait bien. J'avais la rage et je sentais l'instinct remonter le long de mes pattes potelées. J'ai quitté le placard et j'ai rejoint la chambre. C'était la panique. Kapo le gorille et Lucette la poupée joufflue pleuraient à chaudes larmes tandis que Jimmy le clown tentait en vain de les consoler. Maurice, l'escargot poilu, pointait un regard suppliant dans ma direction. J'ai tourné la tête pour éviter la confrontation mais il y avait Maria la vache qui m'implorait avec la même insistance. Alors j'ai marché d'un pas ferme vers la malle en osier, j'ai soulevé le couvercle et j'ai sorti le vieux revolver à barillet, mon téléphone portable rose fluo et mon écusson de police. Je savais que ce que je faisais était parfaitement illégal. Ces accessoires n'étaient pas les miens. Mais en l'absence des géants, il fallait bien que quelqu'un fasse régner la loi.

*

Assis dans la Ferrari jaune sur l'étagère du salon, je tentais de faire le point. À vrai dire, c'était vite vu. Tout ce que je savais, c'est qu'un inconnu s'était glissé au milieu de la nuit derrière le fer à repasser et l'avait balancé sur le cadran de mon copain Yoyo. J'aurais pu en rester là à tout jamais si mon portable ne s'était soudain mis à lâcher des bips et des bips jusqu'à ce que je réponde. Le coup classique : un de mes indics se réveillait soudain.

— Salut Tom, je n'ai pas beaucoup de temps, attaqua la voix anonyme.

À nouveau un grand classique : les mouchards sont toujours pressés. Comme si la mémoire leur revenait soudain quand l'eau des pâtes va déborder ou quand leur avion décolle pour Rio.

— Je sais que tu es sur le coup de la mort de Yoyo. C'est affreux. Si tu veux en savoir plus, va donc faire un tour dans le grenier ce soir, aux alentours de minuit.

L'expérience m'a appris qu'il n'y a pas un millier de moyens pour distinguer le meilleur tuyau du plus dangereux traquenard : il faut tenter sa chance.

Aussi, quand la petite aiguille du réveil allait rejoindre la verticale, je me suis glissé vers la porte du palier. Aussi discret qu'un cheveu sur le carrelage d'un salon de coiffure, je me suis lancé vers l'escalier. Un rai de lumière glissait sous la porte du grenier.

La curiosité n'est pas mon pire défaut, je l'avoue volontiers. Mais de la lumière en pleine nuit dans un grenier où personne ne met plus les pieds depuis des mois, c'était plus qu'il n'en fallait pour éveiller mes soupçons.

J'allais pousser la porte quand j'eus soudain une sensation étrange. Comme un frisson qui remontait depuis le bout de ma queue jusqu'à la base de mes oreilles. C'était la nuit, il faisait noir et j'allais pénétrer dans ce grenier qui me terrifiait depuis de longues années. C'est à ce moment-là que j'ai entendu un bruit dans mon dos, une marche qui grinçait à quelques centimètres de mon postérieur. J'ai voulu me retourner mais il était déjà trop tard. Un premier coup m'atteignit dans les pattes, je perdis l'équilibre et dans ma chute je sentis clairement le *Titanic* me tomber sur le crâne, lâché depuis le haut de la tour Eiffel.

*

J'ai toujours détesté les salopards qui vous assomment dans le dos. Alors ceux qui profitent de la nuit, n'en parlons même pas ; je les exècre presque autant que ceux qui dégomment mes copains à coups de fer à repasser. Et dans ce cas, j'avais la ferme impression que ces deux catégories n'en formaient qu'une. Alors quand je suis revenu à moi, la rage avait encore monté d'un degré. J'étais couché sur l'oreiller du grand lit, Cochon et Kapo penchés au-dessus de ma tête.

— Ça y est, il a rouvert les yeux, s'écria Cochon en croisant mon regard fiévreux.

— Tu reviens de loin mon vieux, enchaîna aussitôt Kapo. On t'a retrouvé ce matin au pied de l'escalier, la gueule en compote.

— Et on t'a amené jusqu'ici sur le camion de pompier, ajouta Jimmy le clown.

— Il y a une mauvaise nouvelle, lâcha soudain Cochon en baissant les yeux.

— Au point où j'en suis, répondis-je sans articuler.

— C'est ta queue, répondit Cochon, tu as dû l'arracher dans la chute. On a cherché dans tout l'escalier mais on ne l'a pas retrouvée.

Je me relevai d'un bond, poussé en l'air par une soudaine montée d'adrénaline, doublée d'une colère bouillonnante. Le fumier. Ainsi, cette espèce de crapule ne s'était pas contentée de m'assommer. Il avait fallu qu'elle s'en prenne à mon corps inconscient pour m'arracher mon bel appendice caudal.

Je voulus sauter du lit mais j'étais à bout de forces. Kapo m'aida à poser la patte sur le sol et je fus heureux de constater que je pouvais encore marcher. Les chiens en peluche ont la vie dure, c'est bien connu. Et cette chute nocturne n'était ni la première ni la plus violente.

Peu importe mon état physique, il fallait que j'en sache plus. Quand j'atteignis le placard du palier, ma marche était presque assurée. À mes pieds, les restes rouge vif de Yoyo juraient sur la moquette grisâtre. Comme une immense éclaboussure de sang qui s'étalait sur le sol. C'en était trop. À défaut d'un enterrement en bonne et due forme, il fallait au moins rassembler ces pièces définitivement détachées.

Je me mis à l'ouvrage. Le cornet et le cadran, le cordon et le sourire : c'était comme si Yoyo était encore près de moi, prêt à me lâcher un de ses calembours pince-sans-rire. J'ai ramassé les éclats de l'œil gauche et je les ai posés près de la roue avant. L'œil droit aussi avait quitté son orbite. Mais il était introuvable. J'eus beau examiner minutieusement toute la surface pourtant réduite du placard, puis celle du palier. Rien. Pas plus d'œil que sur mon genou. Mon instinct fit alors vibrer les poils de ma nuque. C'est un signe qui ne trompe pas. J'allais commencer à en déduire une série invraisemblable d'hypothèses, comme j'aime à le faire dans ce genre de circonstances troubles, quand un cri descendu droit du grenier me fit dresser les oreilles.

Même un sourd aurait pu reconnaître la voix de Lucette, noyée dans les sanglots et comme étouffée. Le cri ne s'était pas encore arrêté que j'avais déjà escaladé la moitié des marches. Trois secondes plus tard, j'atteignais le haut de l'escalier et je me trouvais face à une horreur pire que le plus malsain de mes cauchemars. La pauvre Lucette était évanouie à deux pas de mes pattes avant, le crâne à moitié arraché par une tondeuse électrique, celle qu'on sort tous les mois pour bichonner l'immonde caniche. La chevelure blonde avait disparu, réduite à néant par le monstrueux appareil. Kapo le gorille me rejoignit alors et je lui confiai le corps inanimé de Lucette.

— Ne laisse personne pénétrer dans le grenier, lui ordonnai-je. Et je m'enfonçai seul dans l'obscurité, en refermant la porte derrière moi.

*

Sous le toit, la chaleur était étouffante. De plan, je n'en avais pas. J'étais parti pour un beau solo d'improvisation. Vite, faire le point. Si l'assassin-coiffeur-charcutier était ici, il m'avait repéré depuis longtemps, il fallait que je bouge. Je roulai vers la droite et me relevai entre les patins d'un vieux rocking-chair. Je restai immobile une seconde. Il allait falloir ruser. De mon refuge, je ne pouvais pas observer grand-chose. Pas de mouvement. Je glissai une patte puis l'autre en dehors de ma cachette. Rien. Retenant ma respiration, je rampai de sous le siège à bascule jusqu'à un baril de poudre à lessiver désaffecté. Je fis volte-face et, sans un mouvement, je scrutai la pénombre. Ce que je vis me glaça le bourrage. Sur le siège de bois, assise comme un pacha mais saucissonnée comme un gigot avant le four fatal, Pipelette, la vieille ourse grise, sommeillait en silence. Rien ne semblait anormal, si l'œil droit n'avait été aussi rond et presque bleu. Si le ventre n'avait été fraîchement recousu sur du bourrage trop orange, qui rappelait étrangement le teint de Pinot le lapin. Et surtout si le crâne beige n'avait été vulgairement recouvert d'une tignasse blonde cousue à la va-vite.

Tout y était : l'œil de Yoyo, les tripes de Pinot et la chevelure de Lucette ! Quand j'imaginai sur quelle queue ce monstre était assis, je ne pus retenir un cri. L'abomination était allée trop loin. Et, d'un coup, tout me sembla clair.

Trop clair sans doute, car une sensation métallique m'extirpa en un éclair de mes déductions. C'était comme une hélice coupante qui se collait à ma nuque.

— C'est un mixer, Tom, annonça la voix de Jimmy le clown, froide et électrique comme un hachoir à légumes. Un mixer qui ne demande qu'à se mettre en marche et à broyer ta petite tête de chien trop curieux. Tu t'en es bien sorti jusqu'ici. Mais tous tes efforts auront été inutiles : mon projet arrive à son terme et tu ne pourras plus m'arrêter.

Et le clown ponctua son discours d'un rire forcé.

— Si tu bouges, si tu tentes quoi que ce soit, j'appuie sur ce petit bouton et tu iras rejoindre Yoyo au paradis des jouets. Compris ? Tu vas faire ce que je te dis maintenant. Puis, quand j'aurai fini, je laisserai Pipelette décider de ton sort.

Avachie dans l'obscurité, entravée par des dizaines de ficelles, Pipelette me semblait bien incapable de décider quoi que ce soit.

— Elle m'a l'air bien mal en point Pipelette, lâchai-je alors pour gagner un peu de temps. Et si j'étais toi, je la laisserais en dehors de tout ça.

— Ha, ha, ha ! répondit Jimmy en un rire secoué qui enfonça le mixer dans mes poils bruns, c'est bien là que tu te trompes. Cela fait des nuits et des nuits que je m'occupe d'elle pour la remettre sur pattes. Encore quelques efforts et elle pourra descendre l'escalier et vous massacrer l'un après l'autre avant d'étrangler le gosse monstrueux, le fils des géants, quand il reviendra de vacances !

Le doute n'était plus possible. Jimmy avait pété les plombs. Je n'osais tourner mon visage de peur de croiser son regard que je devinais fiévreux et allumé. Je songeai un instant que Kapo était devant la porte et je voulus crier. Mais le mixer m'empêcha de tenter quoi que ce soit. J'étais perdu. Il me restait à espérer que le clown commette une erreur.

— Pourquoi as-tu liquidé Yoyo ? demandai-je pour gagner du temps. Tu pouvais te contenter de lui arracher un œil, si c'est cela dont tu avais besoin.

J'ai fréquenté pas mal de mabouls dans ma carrière et je sais que les reproches ont le don de les faire sortir de leur réserve.

— De quel droit prétends-tu savoir ce dont j'ai besoin, stupide chien brun ?

Bingo. J'avais tapé dans le mille. L'abcès était crevé, le pus coulait à flots.

— J'ai supprimé Yoyo parce que j'avais mes raisons. Il en savait beaucoup trop long. Et je t'aurais bien dégommé aussi, si j'avais su que tu étais si minable. Allez, rends-toi utile, va pédaler sur le vélo d'appartement jusqu'à ce que je te dise d'arrêter. Compris ? Et si tu tentes quoi que ce soit, je te recycle en minestrone pour peluches.

Jimmy alluma la lampe torche et, dans le faisceau lumineux, je vis briller un vélo d'appartement à moitié rouillé. Une dynamo était accrochée à la roue avant et deux fils électriques se dirigeaient vers le crâne de Pipelette. Jimmy avait trop regardé la télévision. Heureusement, il n'avait pas misé sur un orage pour donner vie à sa vieille ourse : un tout petit éclair, même essoufflé, aurait suffi à calciner Pipelette et le rocking-chair d'un même coup.

Je m'assis et je commençai à pédaler, aveuglé par le faisceau de la lampe torche. On entendit crépiter l'électricité sur la laine grisâtre et élimée. La vie revenait peu à peu dans le corps et l'ourse se mit bientôt à gigoter avec rage pour arracher ses liens. Jimmy lâcha un rire horriblement lugubre et s'approcha de moi.

— Merci, monsieur le flic. Tu peux ménager tes efforts, maintenant, ta mission est arrivée à son terme. Je n'ai plus besoin de toi.

Et d'un geste de la main, il mit le mixer en marche. Il posa la lampe de poche sur le sol et se rua vers moi, l'hélice vrombissant droit en direction de ma truffe. Je me jetai sur le côté pour éviter la lame mais mon réflexe était inutile. Pipelette venait de s'abattre, de tout son poids, sur le frêle Jimmy. Dans sa chute, le clown lâcha la moulinette électrique qui alla ronronner sur le sol. Jimmy suffoquait sous le poids de la grosse ourse grise. Il voulut tendre la main, cherchant à saisir un objet pour s'extirper de sous Pipelette. Mais ses doigts s'approchèrent de la lame en mouvement et, en un instant, le bois rouge vif de la main droite de Jimmy vola en éclats. Je voulus courir pour arracher la prise mais il était déjà trop tard. Le hachoir attirait Jimmy comme un aspirateur avale les miettes de pain et le bras avait disparu en copeaux. Quand Kapo pénétra dans le grenier, enfin attiré par les cris du clown, la tête de Jimmy n'était plus qu'un tas de sciure rouge.

*

Bien évidemment, quand il est rentré de vacances deux semaines plus tard, le gosse a cherché après son clown. Il a retourné l'un ou l'autre coffre à jouets mais il a vite abandonné. De toute façon, il aurait pu nous brûler au fer rouge l'un après l'autre, nous n'aurions rien raconté. D'autant plus que le gosse est loin d'être un subtil : il n'a pas même remarqué que ma queue a été recousue avec du fil rouge, ni que Pipelette a quitté son grenier pour nous rejoindre dans la chambre. Finies la solitude et la poussière. Notre vieille ourse grise commence une nouvelle vie. Et Jimmy aussi. On a récupéré sa sciure pour arrondir les cuisses et le ventre de Pipelette. Espérons que là, bien au chaud, il se tiendra à carreau.

Des vacances pareilles, je n'en veux plus. La prochaine fois que le gosse part en vacances avec ses parents, c'est juré, je me déguise en brosse à dents et je me glisse dans la trousse de toilette.

Nettoyage à sec

Les idées, c'est jamais moi qui les ai. Je suis juste bon à les mettre en œuvre quand on me les a bien expliquées. Mais je suis toujours partant, même en période de fêtes. Moi, j'ai rien contre le bénévolat de fin d'année. Je trouve ça même plutôt emballant quand ça permet de s'enrichir sans trop d'efforts.

C'est comme ça qu'on s'est retrouvés tous les deux, Hubert et moi, un bas Nylon sur la tête, à se ruer à l'intérieur du pressing. Deux zoulous au visage déformé qui se précipitent vers la caisse, c'est un grand classique du cinéma, mais ça continue à faire son effet en dehors des salles qui puent le pop-corn.

Le décor était du genre traditionnel : un large comptoir en plastique moulé et, trônant dessus comme la bougie sur le gâteau d'anniversaire, la caisse enregistreuse. Derrière le comptoir, une blonde défraîchie exhibait des yeux comme des poignées de portes américaines : ronds et brillants. De notre côté du meuble, il n'y avait que deux clients. Un petit vieux en loden vert et une rousse genre femme enceinte qui tenait deux jupes dégueulasses sur son bras replié.

J'ai pensé que ça devrait être interdit d'exhiber son linge dans un état pareil, mais je n'ai rien dit parce que ce n'était pas le moment. J'ai pris position près de la porte, les pieds bien à plat et légèrement écartés, dans la position dite de Lucky Luke au dos de ses albums, j'étais prêt à tirer plus vite que mon ombre, le flingue pointé, à deux mains, droit sur la bouche de la vendeuse. Hubert, comme il est plus grand que moi, a sauté par-dessus le comptoir. Il a repoussé la blonde et a ouvert le tiroir-caisse. Rien que le bruit des pièces m'a mis la fièvre dans les oreilles. Un nettoyage à sec entre les fêtes, c'est plus friqué qu'une agence bancaire. Et c'est beaucoup moins bien gardé. Hubert a retourné le tiroir au-dessus d'un premier sac-poubelle et j'ai vu les billets et les pièces qui dégringolaient droit vers notre compte à vue. Les transferts de liquide, c'est l'avenir de la finance, j'en donnerais mon fourgon à braquer.

Une minute trente s'était écoulée depuis notre entrée dans la boutique. La jeune femme et le vieux type restaient figés, les bras en l'air, les secondes me paraissaient plus longues que les écrans publicitaires au milieu d'un feuilleton. Hubert parcourait les penderies de l'arrière-boutique en courant.

— Ça y est, je les ai, qu'il a crié.

Je l'ai alors entendu fourrer tout le contenu d'une tringle à vêtements dans le deuxième sac-poubelle. Il devait y en avoir un bon paquet parce qu'il a encore rempli un troisième sac de deux cents litres.

Hubert est revenu de l'arrière-boutique. J'ai cru que le vieux au chapeau allait tomber dans les pommes. Il est devenu tout pâle et il s'est mis à trembler. Au même moment, une sirène a gueulé dans le haut de la rue. J'ai pas réfléchi longtemps. Pendant qu'Hubert escaladait le comptoir, j'ai empoigné le petit vieux et je lui ai plaqué le canon du flingue sur la tempe. Je suis sorti en reculant et j'ai lâché :

— Si vous bougez, je l'abats !

Hubert était dehors avant moi, il a ouvert la porte de la bagnole, j'ai poussé le vieux à l'intérieur et je me suis collé à côté de lui sur la banquette arrière. Hubert a démarré. Sur le siège du mort, à l'avant, il y avait un paquet de fric et deux sacs de marchandise. Rien que du facile à revendre, du discret qui se refile à la sortie des camions.

Hubert a brûlé deux feux rouges pour arriver au boulevard et, là, il a mis tout son poids sur l'accélérateur.

Le petit vieux à ma gauche avait le regard vide. Il grelottait et sa peau avait la couleur d'un frigo poussiéreux.

— Ho, ho, du calme, pépé, on va pas te faire de mal. Tu nous sers juste de couverture pour impressionner les flics.

Mais le petit vieux n'avait pas l'air de piger le français.

C'était bien notre veine.

*

La scène est encore bien présente dans l'esprit de Joseph. Il se rappelle les moindres détails. La roulotte rangée sous les arbres, la nappe qui scintillait dans l'obscurité et la boule de cristal. Joseph n'aurait jamais eu ni l'argent ni le courage d'entrer seul dans la baraque de la diseuse de bonne aventure. Quand on a sept ans, on se contente des manèges et de la pêche aux canards. C'est sa mère qui l'avait traîné par la manche de son costume marin. Mais la présence de la mère n'était pas suffisante. De l'autre bras, Joseph serrait de toutes ses forces la patte de Robert, son gros ours en peluche brun. Il fallait bien tout ça pour supporter les reproductions de tarots collées aux murs, les araignées et les crânes suspendus. Joseph aurait voulu tourner les talons, partir en courant rejoindre les copains et tenter d'oublier la vieille gitane avec sa voix de corneille et son air de sorcière.

Mais elle était là, la vieille aux ongles crochus. Son œil laiteux s'attardait sur le plancher tandis que l'autre sondait les méandres de la boule de cristal.

— Je vois homme, parti sur bateau.

Joseph ne voyait rien du tout ; il regardait ses genoux ronds et roses et tentait de repérer la cicatrice de la chute à vélo l'été précédent, chez sa grand-mère, dans la cour pavée. Mais la vieille faisait trop de bruit avec ses cartes et ses boules. Puis la lumière était trop faible. Joseph se souvient du regard de sa mère quand la voyante lui a répété :

— Tout ce que j'ai dit est vérité, Madame, et votre fils doit croire moi aussi ; vous trouverez bonheur près de rivière.

Et, au moment de quitter la roulotte, à l'instant où l'air semblait déjà plus respirable à Joseph, les doigts de la gitane s'étaient enfoncés dans son bras droit.

— Attention, petit, ours être ton meilleur ami. Toi jamais lui faire de mal. Jamais abandonner. Toi comprendre ? Jamais abandonner. Sinon malheur toute ta vie.

Joseph était sorti en tremblant. Il aurait voulu avoir droit à un dernier tour de galopant, avec les chevaux blancs et le limonaire, mais il n'en était pas question.

La mère tirait le bras en direction de l'arrêt du tram et Joseph, en bon père de famille, tirait à son tour le bras de Robert.

— Tu as entendu ce que la vieille sorcière a dit, hein, Robert, je ne peux pas t'abandonner, tu es mon meilleur ami.

*

Hubert a garé la tire sur le parking au centre de la petite ceinture, juste à côté des rails de tram, sous les arbres. Il est sorti de la voiture. J'ai poussé le vieux pour qu'il fasse de même. Sa tête est allée s'aplatir contre le plafond de la voiture.

— Aïe !

Ah, il causait le français ! C'était sans doute la trouille qui lui avait paralysé la langue. Je suis sorti à mon tour. Il faisait froid. Il gelait sûrement. Il y avait des traînées blanches sur la terre en dessous du gravier. J'ai pris les sacs sur le siège avant, le vieux me fixait comme si j'étais un fantôme en drap de lit ou le sosie d'Elvis Presley.

— Et lui, qu'est-ce qu'on en fait ? j'ai demandé à Hubert.

Hubert a pris le Magnum dans ma ceinture, il s'est approché du gars avec son air le plus méchant.

— Lui, on ne va rien lui faire du tout, et il ne fera rien non plus, hein, papy. Il va être gentil, papy.

Hubert a mis la main sur le portefeuille du vieux dans la poche intérieure de son loden.

— Alors, Monsieur Willems, si la police nous retrouve, on n'aura pas trop de mal à venir sonner chez vous avec cette jolie carte de visite en plastique. Vous m'avez bien compris ?

Le petit vieux a repris son portefeuille, il l'a rempoché mais il est resté immobile. La lumière de l'éclairage lui blanchissait tout le visage.

— Viens, on se tire.

J'ai suivi Hubert jusqu'à notre appartement. On marchait vite, sans se retourner. C'est à ce moment-là qu'on aurait dû se méfier, mais nous étions trop pressés d'être à l'abri au plus tôt.

*

Il était presque 6 heures quand Madame Irma a fait irruption dans le salon. Joseph a levé la tête de son *Encyclopédie des conflits européens* et a aperçu Robert, son vieil ours en peluche, suspendu par une jambe au bout du bras de la femme de ménage.

— Y serait temps de le faire nettoyer, votre Teddy, il va bientôt tomber en morceaux.

— Justement, il est bien trop fragile pour qu'on le lave. Il faut que vous le remettiez tout de suite là où vous l'avez trouvé. C'est lui qui m'a protégé pendant toute la guerre. C'est pas aujourd'hui qu'il va me laisser tomber.

— Sauf que ça fait deux fois que je tue une mite dans votre chambre, Monsieur. Et si j'ai bien observé, il y en a plus d'une qui a pondu dans la fourrure de votre Teddy. Quand tout ça aura germé, il y a la sciure qui va gicler de tous les côtés. Si la vermine ne l'a pas rongé avant.

— Irma, ce n'est pas gentil de parler comme ça de Robert, surtout devant lui.

— Eh bien, moi, si j'étais vous, j'emmènerais Robert au nettoyage à sec au plus vite. Ils font ça très bien. Si vous voulez, je peux le déposer en rentrant, c'est sur mon chemin.

Il n'en était pas question.

Si Robert devait se rendre au nettoyage, ce serait lui, Joseph, qui le conduirait. Et d'ailleurs, pour ne pas reporter à demain ce qui peut se faire dans la minute, Joseph enfila son loden.

*

Nous étions de retour au bercail. Hubert venait de s'écrouler dans le fauteuil brun du salon. Dans son dos, le sapin sans boules clignotait sous une guirlande lumineuse. Je me suis assis sur le sol, j'ai retourné le sac de fric. Ça a roulé de tous les côtés sur la carpette. Je me suis attaqué aux billets, c'était le plus gai. Il y en avait de toutes les couleurs. Y a pas à dire, ils font bien leur boulot à la banque nationale. Il y en avait des marrons, des rouges, des bleus et des verts. Et plein de zéros qui s'alignaient. J'ai commencé à compter. Hubert s'est levé ; il a marché jusqu'à la grande fenêtre en façade. Il a collé son front contre la vitre. Il n'avait pas encore dit un seul mot depuis que nous étions rentrés.

— J'ai un sale pressentiment, a-t-il lâché tout d'un coup.

— Qu'est-ce que tu racontes ? Ça n'a jamais été aussi facile. Rien qu'avec les pièces on peut se payer le loto pendant trois mois. Qu'est-ce que tu viens mâchonner avec tes pressentiments. Va plutôt me chercher une bière à la cuisine.

— J'ai l'impression que je viens de voir le vieux, l'imbécile au chapeau, qui sortait du Tout à un euro de l'autre côté de la rue.

— Laisse tomber, tu vois des vieux partout.

— C'était lui, j'en suis sûr, il nous a suivis.

— C'est pas compliqué de nous suivre, on est garés à cent mètres. Laisse tomber. Viens m'aider à trier les manteaux, ça te changera les idées. Il y a deux mille trois cent vingt euros en billets.

— J'suis pas tranquille. On ferait mieux d'éteindre la lumière et de couper la guirlande. On nous repère sans problème de la rue avec le lustre du salon.

— Qu'est-ce que tu peux être lourd quand tu veux.

Blam ! La porte de l'appartement a claqué d'un coup. Hubert s'est mis à pâlir devant la fenêtre, pendant que je me redressais sur les genoux. C'est moi qui avais refermé la porte en rentrant. J'avais pas tiré le verrou. C'était trop tard : quelqu'un venait d'entrer dans l'appartement.

*

Il était un peu plus de 18 heures, Joseph attendait son ticket. La préposée du pressing, une gentille blonde, revenait de l'arrière-boutique où elle avait emporté Robert, suspendu à son cintre.

— Je dois vous le compter comme manteau de fourrure. Vous comprenez, c'est fragile.

— Je comprends, je comprends, Faites-y bien attention.

C'est à ce moment précis qu'ils étaient entrés. Deux types à la tête couverte d'un bas Nylon, le revolver à la main. En un éclair, ils avaient vidé la caisse enregistreuse puis le plus grand des deux malfrats s'était précipité dans l'arrière-boutique. Le cœur de Joseph s'était mis à tambouriner. Il l'avait vu, le grand type avec son bas Nylon, enfourner Robert dans son sac de plastique gris. Il l'avait vu emporter Robert et son cœur s'était mis à pomper et son souffle à haleter. « Jamais abandonner. Toi comprendre », avait dit la vieille sorcière. « Jamais abandonner. Sinon malheur toute ta vie ».

*

Hubert s'est approché de la porte à double battant, la porte qui sépare le salon du hall d'entrée de l'appartement. Il avançait lentement, sans bruit. Je retenais ma respiration. On n'entendait que le clic clic du sapin qui clignotait.

Puis tout s'est précipité.

Le battant s'est ouvert en un grand mouvement d'air. Hubert a voulu reculer mais le tapis a bloqué sa semelle. Le type s'est dressé devant nous, dans son loden. Il ne tremblait plus. Au bout de son bras tendu, il y avait un pistolet automatique, un énorme machin brillant comme on n'en voit que dans les films. Il l'a pointé sur le front d'Hubert.

— Ma carte ? Où est-elle ?

Hubert l'a sortie de sa poche. Le vieux l'a empoignée d'un geste brusque.

— Et les sacs ? qu'il s'est mis à hurler.

Le type s'est avancé sur le tapis, il piétinait mes tas de billets comme si c'étaient des gobelets écrasés sur la pelouse d'un festival en plein air. Il a retourné le premier sac, puis le second. Les vestes en cuir, les manteaux de renard et ceux de vison, tout s'est affalé sur le sol. Le vieux a regardé Hubert dans les yeux. Du tas de vêtements, il a retiré une patte, puis, au bout de la patte, un ventre, une tête et d'autres pattes. C'était un ours en peluche. Un stupide ours en peluche brunâtre aux yeux de verre qui pendouillaient au bout de fils mal cousus.

— Allongez-vous sur le sol, les mains sur la tête.

Je me suis exécuté. Hubert encore plus vite que moi.

— Si vous bougez, je vous explose la cervelle, a encore annoncé le vieux.

Je l'ai entendu qui reculait lentement vers le hall. Il a franchi la porte de l'appartement. On n'entendait plus que la guirlande électrique qui clic-cliquait.

Ce type était un malade. Il y avait plus de deux mille euros et il s'en était allé sans un billet. Et dire qu'il aurait pu nous exploser la cervelle à n'importe quel moment dans la voiture. On aurait eu l'air fier avec notre Magnum en plastique. J'aurais dû le savoir, il ne faut jamais emporter un mec comme otage. Toujours prendre une femme.

La porte d'entrée a claqué. Le bruit a résonné dans le silence de la cage d'escalier.

J'ai tourné la tête vers Hubert, il m'a regardé avec des yeux de cabillaud maltraité.

« Dzz ! Dzz ! » a lâché la sonnette de l'ouvre-porte.

J'ai traversé la pièce.

« Dzz ! Dzz ! » À nouveau, l'ouvre-porte. J'ai décroché.

— Vous savez comment on appelle deux imbéciles qui se laissent impressionner par un petit vieux et un pistolet en plastique ? Des gamins.

Et voilà, c'est sur ces mots que le vieux a disparu avec son loden et son chapeau.

Depuis ce jour-là, chaque année, on reçoit une carte entre la Noël et le Nouvel An. Il n'y a pas beaucoup de texte, juste un dessin de revolver qui braque deux types devant un sapin et une signature maladroite. « Je vous souhaite de bonnes fêtes. » C'est signé « Robert ».

Il n'y a pas de doute, c'est l'autre vieux cinglé au loden qui se fait une rechute. En tout cas, c'est certain aussi, depuis ce jour-là, Hubert et moi, quand on va faire le plein de liquide, on emporte n'importe quoi comme otage, mais on ne touche plus aux vieux. Surtout dans les boutiques de nettoyage à sec.

L’affaire Smilodon

Oukélélababal ? Oukélélababal ? Le chat se promenait en clopinant à travers l’appartement depuis un bon quart d’heure. Il avait fouillé partout. Sous les fauteuils à franges du salon, derrière l’étagère de Compact Disc, dans la poubelle du bureau et sous le grand lit double. Sans résultat. La baballe demeurait introuvable.

C’est vrai que, depuis quelques jours, Smilodon n’était plus que l’ombre de lui-même. Son poil brun et roux, d’ordinaire aussi soyeux que volumineux, se repliait en petites touffes drues. Son pas était devenu lent et maladroit. Il n’était pas rare qu’un pied de chaise vienne soudain se précipiter dans le front du pauvre chat, alors qu’il tentait de se diriger vers son bol. *Ce n’est pourtant pas l’âge*, se rassurait Smilodon, qui n’avait deux ans que depuis trois mois. *C’est peut-être cet appartement qui ne me réussit pas.*

Et il tournait ainsi d’une pièce à l’autre, alors que la fin d’après-midi se laissait rattraper par la soirée. L’hiver serait bientôt là. Mais pour le petit golden à poil long, cela ne changerait pas grand-chose. La sortie est interdite aux chats d'appartement et Smilodon était un vrai chat de luxe, avec un minois aplati et des coussinets, sous chaque patte, aussi roses que des tranches de jambon.

Smilodon pénétra dans la cuisine. À première vue, pas de trace de la balle tant recherchée. Rien sous la table, rien au pied de la cuisinière, encore moins près de l'écuelle à moitié remplie d'eau tiède. Le chat éleva alors le regard. Sur l'une des chaises ? Dans l'égouttoir à vaisselle ? Pas plus de résultat.

Il allait passer à l'examen de la salle de bains lorsqu'il songea à la machine à lessiver. Elle était là, devant lui contre le mur, et son hublot ouvert laissait entrevoir une masse de linge en attente d'une bonne savonnée. Le chat s'approcha. Quelque chose lui dit qu'il était près du but. Son instinct de félin n'était peut-être pas aussi endommagé qu'il l'avait cru.

Dans l'ombre au sommet de l'appareil électroménager, la grosse ourse en peluche grise semblait plongée dans le plus profond des sommeils. En un petit bond leste, Smilodon fut perché sur le rebord de l'ouverture circulaire. Les pattes posées sur le caoutchouc gris, il glissa la tête à l'intérieur du tambour. Quelque chose de rond et de fluorescent luisait dans l'obscurité.

La baballe. C'était donc là qu'elle était allée se cacher !

Sans plus attendre, le chat se faufila entre les draps. Il rampait sur le tissu molletonné du couvre-lit lorsqu'un déclic sonore hérissa les poils de son échine. Le hublot venait de se refermer dans son dos. Une seconde de silence et Smilodon entendit très distinctement le glouglou du liquide qui se déverse sur les parois du tambour. Et une odeur infecte envahit l'appareil. Smilodon voulut sortir. Trop tard, il était définitivement coincé.

*

La liste des éléments insupportables dans la vie d'une ourse en peluche comme moi serait trop longue à énumérer. Je me contenterai de signaler deux phénomènes qui m'ont toujours semblé bien pires que la pourriture, la perte d'un bras ou l'abandon sur une poubelle. Ces deux phénomènes, ce sont le mariage et les chats.

Le mariage, je le redoute depuis le premier matin où Isabelle m'a serrée dans ses bras au sortir de l'emballage cadeau, sous l'arbre de Noël. Dès cet instant, j'ai compris qu'elle me serrerait et me serrerait encore, mais qu'il viendrait un jour où un homme prendrait plus de place que moi dans sa vie. Et je savais qu'à partir de cette date, les plus beaux jours seraient définitivement révolus. Finis le lit qu'on partage à deux et les petits déjeuners en tête à tête. J'ai toujours su que ce moment était inéluctable, qu'il resterait planté devant moi comme une menace. Mais aujourd'hui, c'est fini. Le mariage est consommé. La petite fille aux cheveux blonds est devenue une grande secrétaire rousse et le copain de la comptabilité est devenu son mari. Il y a déjà trois semaines qu'Isabelle et Philippe ont célébré leur union. J'avais craint le pire, mais je n'aurais pas pu l'imaginer. Quand Philippe est venu s'installer dans l'appartement, j'ai compris que les ennuis ne faisaient que commencer. Les caisses de disques, les cravates, les caleçons tout cela ne me concerne que fort peu. Ce qui m'a immédiatement touchée là où ça fait très mal, c'est le chat.

Un chat tellement laid que seule la nature a pu l'engendrer. Personne n'aurait eu le courage de fabriquer un truc pareil sans le détruire aussitôt. C'est un petit golden roux et brun, exactement de la même couleur que le papier adhésif imitation bois qui recouvre le plan de travail de la cuisine. Et à cela il faut encore ajouter un air de bâtard sur un corps de poule entretenue. En un mot : la transposition fidèle du caniche dans le monde des félins.

Les chats, il n'y a rien qui m'insupporte plus. Ça joue à faire la peluche sans en avoir le talent. Ça se calfeutre sans bouger et ça ne cause pas trop. Jusque-là, ce seraient plutôt des qualités. Mais il faut ajouter que ça réclame à bouffer, que ça excrète, dans un bac de pop-corn et de gravier, des petits boudins brunâtres et que ça n'arrête pas de bouger dès qu'un humain s'approche. Soyons honnête, je déteste les chats par principe mais je ne leur veux pas de mal. Si je fais une exception avec celui-ci, c'est parce qu'il a dépassé les bornes dès la première nuit.

Nous étions bien là, dans le grand lit, couchés tous les trois. Isabelle serrait Philippe mais je ne ressentais pas trop de jalousie. Après tout, j'avais eu droit à vingt-cinq ans d'exclusivité, j'étais prête à concéder un peu de territoire. Et quand au milieu de la nuit l'infâme Smilodon est venu se glisser sur les pieds d'Isabelle comme une bouillotte poilue, je lui ai souri gentiment.

Mais l'instant qui suivit, quand il m'a balancée au bas du lit d'un violent coup de patte, j'ai compris que mon règne était arrivé à son terme.

J'aurais pu me faire une raison, laisser mon amour-propre dans un coin du grenier et me résigner à attendre qu'un nouveau-né ait besoin de tendresse. Mais je suis issue d'une longue lignée d'ours en peluche et personne dans la famille n'a jamais baissé les bras. Personne surtout ne s'est laissé marcher sur les pieds. Mes ancêtres ont toujours gardé la truffe haute, il était temps que je me montre digne du bourrage qui coulait dans mes pattes.

*

J'ai eu droit à quinze jours de voyage de noces pour peaufiner mon plan d'attaque. L'objectif était clair : récupérer le contrôle du territoire de sommeil, reprendre cent pour cent de l'autorité sur le lit, depuis les oreillers jusqu'au sommier à lattes. Il n'y avait pas place pour deux sur le couvre-lit molletonné.

La priorité, je l'avais vite compris, consistait à démolir l'image raffinée de ce matou pour mémères. Les chats gentils, sur le lit ; les chats sauvages, sur le carrelage.

Rapatrier Smilodon à la cuisine n'était pas suffisant. Il fallait que la porte soit bien fermée, pour que je puisse à loisir m'endormir en pleine confiance, seule dans le lit douillet.

*

Ce n'est pas par hasard que j'ai choisi la nuit d'un samedi pour passer à l'action. Philippe est gardien de boue dans son équipe de football. Les veilles de match sont sacrées. Ces soirs-là, à 9 heures, tout le monde est au lit.

Dès que j'ai entendu les respirations s'apaiser, je me suis glissée sur la moquette. Au pied de la table de nuit, j'ai récupéré l'outil que j'avais préparé : une épingle de sûreté dont la pointe était soigneusement pliée à angle droit. Sans un bruit, je me suis approchée de l'équipement de sport. Tout était là, à terre, posé sur le sac de Nylon bleu et rouge. Deux chaussures encore poussiéreuses, un T-shirt et un short en satin avec échancrure. Et, par-dessus tout ça, posé avec soin, le survêtement peau de pêche aux couleurs du club. Le rouge et le bleu réunis pour préparer la victoire. La fierté de onze gamins mal grandis et de tous leurs supporters se concentrait dans cet horrible training d'apparat.

Je saisis mon crochet artisanal et, sans une hésitation, je l'enfonçai dans le tissu de la veste et tirai sur une longueur de trente centimètres. Je recommençai à un demi-centimètre à gauche et un demi-centimètre à droite. Je fis de même sur le pantalon, puis je rejoignis le lit tout aussi discrètement.

*

Ce sont les cris qui m'ont éveillée le lendemain. J'ai cru que Philippe ne s'arrêterait jamais. Il aurait étripé Smilodon dans la minute. Deux coups de patte avaient suffi pour réduire le prestige du gardien de but à néant.

« Et qu'est-ce que je vais mettre, moi, pour arriver sur le terrain ? Je vais avoir l'air d'un imbécile avec des traces de griffes au milieu du dos et tout le long de la jambe. »

Il a eu l'air d'un imbécile, c'est certain. Mais Smilodon aussi s'est retrouvé bien attrapé. On l'a privé de croquettes et on l'a interdit de séjour dans la chambre pour trois jours. J'étais aux anges.

Mais la trêve fut de courte durée. J'avais gagné la bataille ; la guerre ne faisait que commencer.

*

L'étape suivante faillit se jouer sans moi. Je ronflais paisiblement entre les deux oreillers, le corps engourdi par une sieste bien méritée. Je rêvais qu'un gigantesque ours brun, avec des yeux noirs et une truffe bien humide – tout ce qu'il faut pour me faire craquer –, venait me ravir au milieu des draps pour m'emporter dans sa caverne en peluche. J'allais me laisser embrasser au bord d'une cascade lorsqu'une douleur atroce me plongea dans la réalité la plus sordide.

Je n'étais plus sur le lit. J'étais au-dessus du vide, suspendue par mon œil gauche que Smilodon tenait dans sa gueule écumante. Ce chat était un véritable monstre. Je me débattis mais mes grosses pattes ne frappèrent que le vide. Je sentis le fil à coudre qui cédait. Je tentai de m'accrocher au couvre-lit. En vain. Le fil craqua, je m'écrasai sur la moquette de la chambre. Au-dessus de ma tête, j'entendis le bruit insupportable d'un chat qui mâchouille un morceau de plastique.

J'étais borgne, mon bourrage était écrasé sous mes fesses et j'étais emportée par une rage plus bouillonnante que jamais. J'abandonnai provisoirement le lit à Smilodon. La fureur me faisait comprendre que, à condition de réagir sur-le-champ, je pourrais me débarrasser de ce monstre et ternir à jamais sa réputation. J'ai couru à la cuisine aussi vite que mes membres contusionnés me le permettaient. D'un coup de patte, j'ai balancé un verre au bas de la table. Autant d'éclats, autant d'armes du crime.

Dans l'écuelle de plastique, une masse immonde de boulettes gluantes attendait de rejoindre l'estomac du chachat. En deux minutes, et d'un seul œil, j'ai préparé tout le matériel. J'ai truffé chaque boule de viande d'un magnifique éclat transparent qui ne demandait qu'à trancher un œsophage ou ulcérer un intestin. Pour améliorer la digestion, j'ai enrobé les morceaux de verre de produit à vaisselle. C'était une erreur. Je comptais sur une infection galopante mais le stratagème n'a pas pris. Quand la faim a ramené Smilodon à la cuisine, le chat a flairé le citron et s'est méfié des boulettes. Ça ne lui a pas épargné l'engueulade. Le verre brisé, mon œil arraché et le manque d'appétit étaient des preuves accablantes. Smilodon faisait des caprices : il devenait insupportable.

Il fut à nouveau privé de chambre pendant une semaine. Précisément le temps qu'il a fallu pour que le pelage cicatrise autour de mon œil disparu. Le temps aussi de savourer le moelleux d'un grand lit double entièrement consacré à deux êtres humains et une ourse en peluche. Mais ce répit, durement conquis, ne dura pas plus que la semaine d'exil du chat.

*

Je ne m'attarderai pas sur les multiples pièges que je dus déjouer dès le huitième jour. Smilodon se montrait de plus en plus agressif. Il tenta de m'ébouillanter avec une casserole de pâtes puis de m'étouffer sous les coussins du fauteuil. Lorsque, le lendemain matin, il m'attacha au radiateur avec un fil de laine et qu'il approcha de mon dernier œil ses dents insupportablement blanches, je compris que je n'aurais jamais la paix. Il fallait que je change de stratégie. La défense devait céder le pas à la contre-attaque.

C'est dans l'encyclopédie que je découvris la faille de l'ennemi. J'avais profité d'une après-midi ensoleillée d'automne pour bouquiner dans le gros pouf du salon. Rien de bien intéressant en général. À croire que les auteurs de ces ouvrages de référence étaient pris de compassion pour la race féline. Un petit article retint tout de même mon attention.

Dès que l'appartement fut plongé dans le sommeil, je me suis faufilée jusqu'à la pharmacie de la salle de bains puis j'ai couru à la cuisine. Un rayon de lune glissait à travers la fenêtre entre les pieds de la table. Le chat ronflait sur un drap de vaisselle. Je débouchai le petit flacon et, avant que Smilodon ait pris la peine d'ouvrir les yeux, je l'avais recouvert d'éther. Le drap de vaisselle était aussi trempé que le museau. J'avais quelques minutes de répit devant moi. Je ne perdis pas une seconde. Je déposai le flacon sur le sol et j'empoignai le coupe-ongles.

*

Lorsque Philippe pénétra dans la cuisine, le regard troublé par une lourde nuit de sommeil, il dut se pincer pour s'assurer qu'il ne rêvait pas. Une odeur d'éther flottait dans l'air et Smilodon, parfaitement abruti, tournait en rond en se cognant au coin des meubles. Le diagnostic leur parut très simple : Philippe et Isabelle devaient se rendre à l'évidence, Smilodon était éthéromane. Ils mirent la maladresse du chat sur le compte des effets de l'éther, mais il n'en était rien. L'encyclo était formelle. Les vibrisses, mieux connues sous le nom de moustaches, sont indispensables dans la vie d'un chat. Si ces poils sont coupés, l'animal connaît de nombreux troubles de la locomotion.

Les livres ont parfois du bon.

*

La contre-attaque s'était révélée efficace sur l'ennemi, il était solidement abruti. Les humains, par contre, ne réagirent pas comme je l'avais prévu. Pour mon malheur, la nouvelle imbécillité de Smilodon lui gagna les meilleures faveurs de Philippe et d'Isabelle. Pour tous deux, l'explication s'imposait : ils avaient été trop durs et le chat avait subi un choc psychologique. Le rejet affectif lui était néfaste. Ils redoublèrent donc d'attention pour le stupide matou. Il n'y avait désormais plus de place que pour lui dans le lit familial.

Il y a deux jours, ils m'ont reléguée sur la garde-robe. Et quand j'ai vu Smilodon me tirer la langue en se prélassant sur la couette, j'aurais bien bondi pour étrangler le chat de rage. Mais j'ai préféré prendre mon mal en patience. L'adversaire était sur les genoux. Je n'aurais qu'à lancer un assaut final, bien élaboré, pour le faire disparaître à tout jamais de la surface du lit. Pendant deux nuits d'exil, j'ai tout minutieusement calculé.

Je suis passée à l'action, juste avant que le réveil ne sonne. J'ai confisqué la baballe du chachat et je l'ai provisoirement entreposée dans une des bottes d'Isabelle. Ensuite, j'ai rempli un gobelet d'urine dans la cuvette du W.-C. Si Philippe n'oubliait pas une fois sur deux de tirer la chasse, ce qui allait suivre ne se serait jamais passé. J'ai rejoint la chambre sur la pointe des pieds et j'ai versé le contenu du gobelet sur le couvre-lit. Le temps que le liquide pénètre, j'avais déjà ramené le gobelet dans la salle de bains et vérifié que le chat était bien assoupi. Je suis alors remontée sur la garde-robe pour admirer la scène.

Cette fois, l'effet fut à la hauteur de mes espérances. Philippe a poussé une colère formidable, il a parlé de piquer le chat, de le donner à des pauvres, de le manger à Noël à la place de la dinde. Isabelle ne disait rien. Elle a ôté le couvre-lit, les draps et les taies et elle a tout fourré dans la machine. Philippe a crié sur Smilodon mais le chat n'écoutait rien. Il s'envoyait la face dans les meubles à la recherche de sa boule fluorescente.

Philippe et Isabelle sont partis au boulot, furieux. J'ai attendu que le chat s'en aille fouiller le bureau et j'ai couru jusqu'à la cuisine placer la balle dans la machine.

*

Et voilà. J'ai refermé le hublot. Le programme qui nous attend est plutôt intéressant. 95°, prélavage intensif. Et pour corser le tout, j'ai vidé un demi-bidon de Javel dans le compartiment à poudre.

Mais je ne suis pas un assassin. J'attendrai le temps qu'il faudra pour que quelqu'un daigne appuyer sur le bouton de démarrage.

Me voici à nouveau assise au milieu du grand lit. Il n'y a pas de draps, juste le matelas et les deux oreillers. Je crois que je vais m'offrir une petite sieste, maintenant que le calme est revenu.

Ce soir, aux côtés de Philippe et Isabelle, il n'y aura que moi dans le lit conjugal.

Tête de Turc

Il y a au moins trois bonnes raisons pour lesquelles je n'aurais pas dû accepter ce boulot. D'abord, je suis turc et le Père Noël, où qu'on situe son ciel, ne descend pas des plateaux d'Anatolie. À moins qu'il n'ait trouvé ses rennes d'occasion au bord de la mer Noire, mais ça m'étonnerait. Mes parents m'en auraient parlé. C'est eux qui m'ont tout appris sur leur pays, parce que, moi, je suis né ici, à Liège, en Belgique, et la Turquie je ne la connais que par les histoires. La deuxième raison – elle découle peut-être de la première –, c'est que je ne suis pas un gosse de riches. D'abord, si je l'étais, je ne me trimballerais pas dans ce déguisement stupide, entre les rayons de jouets, avec un panier en osier rempli de faux sapins de Noël en massepain. Si j'étais né de parents pleins d'argent, je ne serais sans doute pas devenu papa fauché, qui trime pendant les fêtes pour que sa fille ait un beau réveillon et un cadeau sous le sapin. La troisième raison, elle m'est bien plus personnelle : j'ai toujours préféré saint Nicolas au Père Noël. Saint Nicolas, quand j'étais petit, je trouvais qu'il ressemblait à un gentil grand-père, déguisé en curé qui donne des bonbons et pas des hosties, même si lui aussi demande aux enfants s'ils ont fait des bêtises avant de leur donner à manger. Sa crosse brillait comme une pièce en chocolat et son âne était bien plus sympathique que le traîneau de l'autre bedonnant, avec ses bottes fourrées et son bonnet de nuit.

Aujourd'hui, c'est moi le bedonnant, avec un faux coussin coincé dans la ceinture et des lunettes pour pas qu'on voie trop que j'ai la peau basanée. On m'a recommandé d'être gentil, de sourire sous ma barbe et de donner du massepain à tous les enfants accompagnés. *Vous comprenez*, m'a-t-on précisé, *ce sont ceux-là qui achètent. Ceux qui viennent pour se réchauffer et pour passer le temps, il ne faut pas les encourager.* J'avais bien compris. Ceux qui ressemblaient à des petits gosses des rues, ceux qui me rappelaient mon enfance, je devais les éviter. Comme si on pouvait s'éviter, j'ai pensé, c'est ridicule, à force de se fuir, on ne peut aller nulle part. Comme les gosses sans leurs parents, ils ne vont nulle part, précisément, ils viennent peut-être exprès pour parler au Père Noël, d'ailleurs.

Moi, en tout cas, quand j'étais petit, c'est ce que je faisais. Quand saint Nicolas visitait l'école, j'espérais pouvoir lui parler et lui expliquer où j'habitais parce que, chez moi, il ne venait jamais, ni dans les chaussures, ni dans la cheminée. Il ne connaissait sans doute pas mon adresse. Ou bien il savait que mon père n'allait pas à l'église, qu'il ne descendait même plus dans la mine, à cause de la maladie, et de la mine qui avait fermé. Il triait des bouteilles consignées au supermarché, mon père. Il était malin, pourtant, il avait compris qu'avec une tête de Turc il vaut mieux travailler dans les réserves des magasins, on peut tousser ses poumons quand on veut et laisser pousser sa moustache.

C'est Nassim qui m'a filé le tuyau pour la place de Père Noël. C'est drôle parce que c'est mon père qui avait trouvé le boulot pour Nassim, il y a plus de dix ans, quand mon père était employé au GB, place Saint-Lambert. Depuis, Nassim travaille à l'Inno, il décharge les palettes et il écrase les cartons. Vous l'avez peut-être déjà aperçu, il a un tablier gris et c'est lui qui guide les camions place de la République-Française, entre le Mister Minit et le coupe-gorge.

— Ugur, tu cherches toujours du boulot ?

— Ben oui, je lui ai répondu, si tu entends parler de quelque chose...

— À l'Inno, ils engagent des Pères Noël, c'est un plein-temps, pendant deux semaines.

J'ai pensé à ma fille, à ma femme, aux billets que ça représentait, et j'ai foncé à l'Innovation. Je suis descendu à pied, vu que j'habite en haut de la rue Sainte-Marguerite, ça ne fait pas plus de vingt minutes de marche. Juste le temps qu'il fallait pour que je me revoie, à huit ans, les yeux pétillants, dans le rayon jouet du Grand-Bazar. Ça n'existe plus, maintenant, le Grand-Bazar, mais je ne dois pas être le seul à m'en souvenir. À cette époque-là, on pouvait boire un verre place Saint-Lambert, mais pas moi parce que j'étais trop petit et que j'avais pas d'argent. J'étais juste venu pour voir saint Nicolas et lui dire où j'habitais. À l'école, j'avais pas pu. Dès que je m'étais approché de lui, il m'avait tendu un sachet de bonbons, il m'avait félicité pour mes points en français en disant :

— Il paraît que tu es très sage, Ugur. Et que tu ne demandes jamais rien. C'est très bien, il faut continuer ainsi.

Ça m'avait perturbé cette phrase-là. Il y a des phrases comme ça qui travaillent dans la tête et qui grattent comme des miettes de biscotte dans les draps. J'étais tout petit, mais pas tout à fait bête, alors j'avais réfléchi et j'avais trouvé étrange qu'il m'ait dit « Il paraît que ». Je croyais qu'il savait tout, saint Nicolas, avec sa barbe qui ressemble à un nuage, je croyais qu'on ne pouvait pas lui mentir parce qu'il lisait même dans les pensées. Et, tout d'un coup, il avait l'air de se contenter des rumeurs et des ouï-dire. *Il paraît que*. Je n'aimais plus du tout, moi, ce barbu qui vous juge sans savoir qui vous êtes et qui demande à d'autres de faire rapport sur vous. Je m'étais demandé si c'était pas un faux saint, déguisé en Nicolas pour se rendre populaire. C'est vrai, il y en a tellement des saints, plein les calendriers et plein les églises, et il n'y en a pas un seul d'aussi populaire auprès des enfants. Je pensais que les autres devaient être jaloux, tous ceux dont on n'a même pas retenu le martyre, parfois pas même le prénom. Ça pouvait très bien être saint Macaire, par exemple, déguisé, qui s'amusait. J'ai demandé à Nassim parce qu'il était plus vieux que moi et que c'est le genre de chose qu'il savait toujours. Il m'en a appris une fameuse. Il m'a expliqué que c'était le concierge de l'école qui avait mis des lunettes fumées et des gants blancs. Il croyait me faire de la peine, en m'annonçant ça, Nassim. Pas du tout ; j'étais bien content. Je comprenais enfin pourquoi mes pantoufles restaient vides et pourquoi, même quand je laissais mon assiette exprès sur la table de la salle à manger en allant dormir, je la retrouvais le matin, rangée dans l'armoire, sans le moindre cadeau. Je comprenais pourquoi saint Nicolas ne venait jamais chez moi. Saint Nicolas c'était le concierge et il n'aimait pas les Turcs, il m'avait dit un jour que je ferais mieux de retourner dans mon pays et c'est pour ça qu'il m'appelait tête d'oignon.

Maintenant, les gens m'appellent Père Noël. Quand ils me parlent, parce que la plupart des parents comprennent très bien que je ne suis qu'un figurant, mal payé, et qu'il vaut mieux ne pas m'adresser la parole. Juste accepter mon sapin en massepain pour ne pas avoir l'air impoli puis s'éloigner en tirant leurs enfants. Moi, figurant, ça me laisse tout le temps pour penser, et j'aime bien, être payé pour sourire aux gens et penser.

Je descendais donc la rue Sainte-Marguerite, à huit ans, parce qu'à cause de cette histoire de concierge déguisé j'avais décidé d'aller voir le vrai saint Nicolas, celui dont on m'avait parlé, celui qui était en ville, au Grand-Bazar, derrière le village des Gaulois. C'était un mercredi après-midi, j'étais tout seul. Mes parents croyaient que je jouais au foot sur le parking, comme d'habitude, et moi j'avais dit aux copains que je devais aller chez le dentiste. J'ai descendu Sainte-Marguerite, puis Saint-Séverin et la Haute-Sauvenière, je suis passé devant le Sarma, j'avais les joues toutes rouges à cause du froid.

Le Sarma, il n'existe plus non plus, je me souviens bien quand on l'a démoli, avec une grosse boule qui cogne et qui abat les murs, j'ai regardé pendant des heures, j'avais les larmes aux yeux, je n'arrivais pas à comprendre pourquoi on n'avait pas au moins retiré les tubes au néon avant de détruire le bâtiment. Ça coûte cher, les tubes au néon, on ne peut pas les casser sans raison.

Je suis arrivé place Saint-Lambert et je suis entré dans le Grand-Bazar. Ça sentait le parfum autour des vieilles dames et il faisait très chaud. J'avais gardé ma cagoule et mes moufles, et mon anorak et mon écharpe, à cause de ma mère qui avait toujours peur que j'attrape froid. J'ai monté les escalators. Il y en avait plein, j'ai cru que je n'arriverais jamais, puis d'un coup c'était là. Tout sombre, avec des lumières jaunes et rouges, un village en bois au milieu du magasin, avec des enfants partout, au bout du bras de leur papa, de leur maman. Ça faisait un bruit de piscine avec de la musique en plus. Il y avait une flèche qui indiquait la direction du trône, et une file immense avec plein d'enfants qui attendaient à côté de leurs parents. Moi, j'étais tout seul. Eux, ils avaient des anoraks tout neufs, des petits manteaux verts et des pantalons tout chauds. Moi, j'avais des chaussures usées, un anorak démodé, orange mais noir autour des manches et, surtout, un trou au genou gauche de ma culotte de training. Je me suis senti sale, je me suis senti seul, peut-être même que j'ai compris que j'étais pauvre. En tout cas, j'ai senti que ce n'était pas ma place. Je n'ai pas osé faire la queue. J'ai repris l'escalator et je suis redescendu dans la rue. J'avais l'impression que quelque chose n'était pas juste mais je ne comprenais pas. Un peu comme quand je m'étais rendu compte que Jésus et ses copains habitaient pas très loin du village de mon grand-père, que la Galilée c'était beaucoup plus près du Sud de la Turquie que du mont Blanc, et que, pourtant, Jésus et les autres apôtres dans leurs robes à rayures, ils n'avaient pas des têtes de Turcs.

Pas du tout, ils ressemblaient au prof de gym, musclés et tout pâles, avec des longs cheveux et des sandales. Je n'ai pas posé la question au cours de religion. Je préférais rester discret, déjà que je ne comprenais pas toutes les paroles du *Notre-Père*, il valait mieux que je me tienne à carreau.

Ici aussi, il vaut mieux que je me tienne à carreau. Dix jours que je déambule dans les rayons, dix jours que je passe ma main gantée dans la tignasse des petites filles à lunettes, que je tends du massepain à des mains minuscules et que j'entends, dans le meilleur des cas, un petit *merci* murmuré entre deux lèvres gercées.

Je ne sais pas ce qui se passe, peut-être que je vieillis – même si je n'ai pas encore tout à fait trente ans – j'ai l'impression que les gosses changent. Ils ont l'air trop sérieux avec leurs vêtements d'adultes pleins d'étiquettes, de tirettes et de bandes fluorescentes. On dirait qu'ils s'ennuient ou qu'ils en ont déjà marre. À leur âge, je passais des heures à jouer au foot et je souriais tout le temps. Je ne savais même pas comment on faisait pour être triste. Là, je me balade avec ma cloche, je leur offre mes sapins de Noël et ça ne leur fait même pas plaisir. J'ai envie de leur parler, de leur faire comprendre qu'ils se trompent, que ça ne sert à rien de jouer aux adultes à leur âge, qu'ils auront toute la vie pour ça, mais c'est inutile. On ne change pas les gens, même les tout-petits, avec des mots. Ce qu'il leur faudrait, à tous ces petits fils de riches, ce sont des gamins sans éducation et sans argent, qui traînent dans la rue mais qui leur feraient comprendre qu'une demi-journée entre copains ça vaut plus que tous les jouets du monde, plus que tous les vêtements de l'Univers. Mais c'est impossible. Quand on a le privilège de ne manquer de rien, il faut bien qu'on s'invente d'autres raisons d'être heureux. Et surtout des prétextes pour ne pas l'être. Comme ça on peut acheter, et se faire croire que ça va tout arranger. Une nouvelle maison de poupées rose écœurant, un nouveau jeu vidéo pour regarder l'écran même quand il n'y a rien à la télé, une pile de DVD pour ne pas avoir envie de courir dehors quand la nuit est tombée.

C'est ce que j'étais en train de ruminer quand un gosse se poste devant moi, dans son manteau bleu marine. Sa mère, raide et blonde comme une hôtesse de l'air, m'annonce que son fils a un souhait pour la Noël.

— Vous allez voir, il est très avancé, Père Noël, c'est un enfant formidable.

— Je sais, je sais, que je réponds pour éviter que le gosse croie que je ne suis pas le vrai. Je t'écoute.

— Eh bien, pour la Noël, je ne veux pas de cadeaux pour moi, je voudrais qu'il y ait les droits de l'homme, partout dans le monde.

Je ne sais pas pourquoi j'ai réagi comme ça. Peut-être à cause du chignon de la mère, du foulard hors de prix qu'elle arborait comme les proxénètes exhibent leurs liasses de billets en offrant la tournée. Peut-être à cause du sourire mielleux qui me paraissait aussi préfabriqué que le souhait de son fils. Peut-être parce que le gamin a déposé la cerise sur le gâteau lorsqu'il a ajouté :

— Les droits de l'homme pour que tout le monde soit heureux, même les pauvres, les drogués et les Noirs.

— Et les homosexuels ? j'ai demandé sur un ton amusé, en secouant ma cloche près de son oreille, tu les oublies dans ta liste !

La mère a ouvert des yeux plus ronds que le collier de perles qu'elle porterait pour le réveillon. Sa bouche est restée béante mais il n'y avait pas de son pour en sortir. Elle a dû se sentir dans son droit, elle, elle n'avait rien fait, c'est moi qui l'agressais sans doute, c'était moi le méchant puisque j'avais répondu à son fils au lieu de le laisser réciter sa leçon, parce que j'avais répondu spontanément là où le savoir-vivre enseigne à se taire et ne pas réagir.

— C'est quoi, un homosexuel ? a demandé le petit.

— Ce n'est rien, ai-je dit en retrouvant mon calme, il y en a beaucoup plus que de pays qui respectent les droits de l'homme. Mais tu ne devrais pas demander des choses comme ça pour ta Noël. À ton âge, on ne doit pas essayer de faire croire qu'on est un adulte.

C'est vrai, à la fin, ce gosse n'a même pas huit ans et il a l'air plus résigné qu'un vieil homme. Si à cet âge-là on rêve de régler les problèmes de la planète, c'est foutu. On passe son enfance tout seul à penser aux autres et on devient un adulte tout sec. Qu'est-ce qu'il lui restera à rêver quand il aura l'âge d'être sérieux ? Quand on n'est pas heureux soi-même, c'est normal de croire que le bonheur c'est un truc que les gouvernements peuvent imposer à la planète.

— Entre nous, ai-je continué en baissant la voix, les droits de l'homme, tout ça, c'est bien. C'est très bien. Mais toi, qu'est-ce qui te ferait plaisir à toi ?

— Ben, c'est ça que je voudrais, parce que c'est l'anniversaire et qu'il y a encore plein de gens en prison. C'est pas juste.

— C'est très bien, Guillaume, je suis sûre que Monsieur Noël a très bien compris. On va y aller maintenant.

Je ne sais pas pourquoi je ne l'ai pas laissée reprendre son gamin et continuer ses courses, repartir vers son chez-elle dans sa voiture bien chaude, vers ses amies qui trouvent son fiston si mignon et les profs qui admirent ce lascar si brillant. Je n'avais pas envie. Au contraire, j'aurais tout donné pour le débarrasser de sa mère, l'emmener sur un parking et lui montrer que c'est au foot qu'on commence à apprendre ce que c'est que le droit. La justice, ça s'apprend en jouant et en inventant des règles, pas en étudiant les cahiers.

— Je vais vous accompagner, j'ai ajouté.

Et j'ai saisi la main de Guillaume, je l'ai serrée jusqu'à l'entrée de l'escalator.

— Et pour toi, qu'est-ce que tu voudrais vraiment ?

— Laissez-le tranquille a repris la mère, ce n'est qu'un enfant.

Justement, j'ai pensé, *il n'est peut-être pas encore trop tard. Si tu veux changer le monde, commence par donner la liberté aux enfants. Sors-les du bourbier dans lequel tu t'enfonces*, j'ai pensé. Alors, au moment où l'escalator les a emportés et que le petit s'est retourné, j'ai fait signe de la main et j'ai dit :

— Trouve d'abord ce que toi tu veux avant de penser comme les autres. Tu as toute la vie pour apprendre. Laisse ça pour plus tard. Pense à ce qui te ferait plaisir à toi.

Il m'a fait signe de la main. Je n'ai pas bien compris. Ses doigts étaient pliés comme s'il serrait un cylindre. Ça signifiait peut-être une liane de Tarzan, le joystick d'une console de jeux, un cornet de crème glacée.

Ce que j'ai entendu c'est la mère qui m'envoyait :

— J'irai me plaindre à la direction, vous pouvez remballer votre costume.

Je n'écoutais pas. J'ai vu les yeux du gamin qui brillaient, il a répété son geste, j'ai cru comprendre pétard pirate, maracas, arc à flèche ou peut-être lance-pierres. Le gosse avait un grand sourire.

Je me suis dit que la Noël n'était pas perdue pour tout le monde.

La traversée de la place

La porte se referme. Une grande porte de métal noir qui claque dans le silence du matin. Le ciel est bleu, tendu comme un drap de lit dans un hôtel de luxe. Ce genre d'hôtel qu'Andrzej ne fréquentera jamais. Ce genre d'hôtel qu'il n'a d'ailleurs jamais fréquenté. Pour être précis, Andrzej n'imagine même pas que de tels établissements puissent exister. Qui voudrait payer le salaire qu'il gagnait en deux semaines pour une simple chambre, une nuit de repos et un petit déjeuner ? Non, Andrzej ne peut imaginer cela, et, en jetant un œil sur le ciel d'un bleu si frais, Andrzej ne voit que le ciel. Le ciel bleu, pur et tendu, mais le ciel tout de même. Pas un drap de lit, ni autre chose, juste le ciel. Et ce ciel-là ne lui évoque rien, sinon d'autres cieux, à d'autres époques et dans d'autres pays peut-être.

Andrzej est debout, la valise à la main. Face à lui, de l'autre côté de la place, un café qui ressemble à une taverne de film d'espionnage ou à un bistrot en plastique dans la vitrine sale d'un magasin de jouets d'occasion. C'est le début du mois d'avril, le soleil n'est pas encore très haut mais il est déjà très rond. Nous sommes à Saint-Gilles. Saint-Gilles, c'est Bruxelles, c'est l'Europe, c'est bientôt le bonheur pour chacun, encore un petit effort, nous y sommes presque. Mais Andrzej est trop vieux. Bien sûr, il serait vieux ailleurs aussi ; il serait vieux aux États-Unis, en Sicile ou même en Pologne, mais ici, sa vieillesse lui fait mal.

Pourtant, il n'est pas encore vraiment vieux. Soixante ans, ce n'est pas la fin du monde, il reste encore de nombreuses heures à vivre. Et dans un millier de jours, ils l'ont dit hier à la télévision, ce seront les jeux Olympiques. On n'est jamais vieux quand on regarde la télévision, on est juste déjà mort. Le corps ne sert à rien et le cerveau non plus, le temps passe, on joue à se faire croire qu'on s'amuse alors qu'on n'a jamais ressenti un ennui si profond, si intime. La télécommande dans la main, Andrzej a déjà un pied dans la tombe. Il déteste cette sensation.

Alors Andrzej serre sa valise fermement dans la main gauche et se tient bien droit sur le trottoir de pierre sèche. Il regarde devant lui. C'est là que se trouve sa liberté. Partout. Dans la première rue à gauche, dans la troisième rue à droite, sur le trajet du tram 55, du 23, sur la banquette arrière de n'importe quel taxi, à bord du premier avion qui s'envole loin d'ici. Andrzej a la liberté devant lui. Le monde entier n'est qu'un grand réservoir où l'on peut puiser des petits instants de bonheur à chaque coin de rue, à chaque pas en avant.

C'est vrai, se dit Andrzej, *il suffit que j'avance, il suffit que je quitte ce petit appartement sans vie, ce mégot de train-train qui colle au cendrier quotidien. Il suffit que je choisisse, que je me précipite sans choisir, que je fonce, et je serai déjà ailleurs. Et ailleurs, c'est un avant-goût de bonheur.*

Mais je n'ai pas la force.

C'est vrai qu'Andrzej n'est plus tout jeune. Sous son petit chapeau de feutre sombre, on voit la peau presque beige et des rides profondes autour de deux yeux gris comme le plumage d'un pigeon sous la pluie. Les yeux eux-mêmes, d'ailleurs, viennent en cet instant de s'arrêter et pointent, immobiles, vers un oiseau qui sautille dans le caniveau. Un pigeon. Il n'y a que ça en Belgique, songe le vieil homme, des oiseaux ternes qui salissent les rues. Eux aussi, ils peuvent s'envoler, ils peuvent s'éloigner, tournoyer dans le ciel, partir là où le soleil n'est pas rare et où l'eau des rivières s'écoule en bruissant sous les branches. Mais ils reviennent toujours. Ils s'accrochent à leur coin de clocher, leur bord de toiture ou leur épaule de statue. Ils sont encore plus sédentaires que les hommes. Ils n'ont rien compris. Celui-là encore moins que les autres : il picore un chewing-gum.

Andrzej tape du pied. Le plat de la semelle bat le pavé. Un grand *plaf !* jaillit du contact, se propage instantanément dans toutes les directions, porté par l'air frais du matin, jusqu'aux oreilles d'Andrzej, jusqu'aux ailes du volatile qui s'envole dans un battement effrayé et quitte la petite place.

Nous sommes à Saint-Gilles, c'est un matin d'avril, mais nous pourrions être ailleurs. Si cela ne tenait qu'à Andrzej, il serait bien à Turawa, au bord du lac, dans la chaleur d'été. Il y aurait des barques en bois, des maillots rayés et des ballons de plage. On entendrait le chant des oiseaux et le souffle du vent dans les lourdes branches d'arbres. Andrzej n'a aucun souvenir de Turawa, il ne connaît ce lac que par les histoires que lui racontait son père après la mine. La famille quittait

Czestochowa pour une semaine et emménageait chez les grands-parents au bord de l'eau. C'étaient les vacances en Pologne avant le grand départ. Andrzej n'avait pas encore cinq ans.

Combien de fois, le nez plongé dans l'immense atlas relié de tissu bleu, n'a-t-il pas rêvé qu'il retournerait au bord de ce lac dont il ne connaît que le nom, qu'il y séjournerait avec Marie-Regina et leur fille Fabiola.

Mais la petite fille aux tresses brunes est aujourd'hui mère de famille dans la région de Charleroi et Marie-Regina n'est plus tout à fait sa femme, elle n'est plus qu'une vieille qui tricote en regardant la télé. Une vieille qui ne quitte l'appartement que pour acheter des légumes au marché et des conserves au super. Même aujourd'hui, elle ne sortira pas.

Pourtant, ce n'est pas un jour comme les autres, aujourd'hui. C'est le grand jour de la liberté : le premier jour de la retraite. C'est pour cela qu'Andrzej se tient bien doit sur le trottoir, la valise à la main. Il regarde en face toute cette vie qu'il a traversée et qu'il ne traversera plus. Il ne courra plus sur la pente des terrils du Limbourg, il ne bâillera plus pendant sa communion solennelle dans la chapelle du charbonnage, il n'épousera plus la petite Sicilienne rencontrée au bal de Carnaval, déguisée en petite Sicilienne parce qu'elle n'avait pas d'argent. Il ne l'épousera plus, il ne l'embrassera plus, il ne passera plus ses dimanches à bêcher le jardin et à aligner des chaussettes humides sur le fil à linge.

Aujourd'hui est un jour exceptionnel. Andrzej ne peut pas se contenter de passer des heures comme il le fait tous les soirs à lire tout ce qui s'achète aux puces, les polars jaunis, les vieux romans d'espionnage, les récits sentimentaux pleins de médecins et d'infirmières. Il ne peut pas même se plonger dans son livre préféré, celui qu'il lit et relit sans se lasser, le *Grand Atlas Mondial* relié de tissu bleu.

Aujourd'hui, c'est le jour dont il a toujours rêvé. Le jour de la retraite. Un jour auquel il a pensé si souvent qu'il a fini par être incapable de l'imaginer. Il lui semblait que tout viendrait naturellement, comme on fredonne une chanson ou qu'on s'invente une recette de pâtes avec les vieux restes du frigo. La retraite, c'est la fin du travail. La mise au rebut de la boîte à tartines, de la bouteille Thermos et l'adieu définitif à la machine à pointer. Mais Andrzej n'aime pas faire table rase. Dans la valise qui pend au bout de sa main gauche, une fourmi qui se glisserait entre le couvercle de cuir usé et le fond raclé et craquelé découvrirait une bouteille Thermos à carreaux verts, rouges et jaunes, qui n'évoquerait sans doute pas le kilt écossais pour la pauvre fourmi, ignorant jusqu'au principe de l'habillement dans les régions d'Europe, et une boîte de plastique rouge élimé, maintenue fermée par un élastique noir – un segment de chambre à air Pirelli – mais la fourmi n'y connaît certainement guère plus en accessoires automobiles qu'en particularités vestimentaires. Andrzej n'aime pas faire table rase, et il aurait aimé que sa femme lui dise au revoir ce matin, il y a deux minutes, quand il a saisi la poignée de la porte en disant qu'il ne reviendrait jamais. Il aurait aimé que Marie-Regina courre vers lui et le serre très fort dans ses bras avant qu'il ne quitte l'appartement. Trop tard, le voilà dans la rue, et personne ne regarde à la fenêtre du rez-de-chaussée.

Andrzej traverse la place d'un pas lent et posé. Une Ford noire vient se garer devant le trottoir qu'Andrzej va bientôt atteindre. La portière s'ouvre, un homme en descend. Un peu rond des joues et du ventre, il porte un blouson en jean et des favoris bruns. Il doit avoir près de quarante ans. Andrzej s'arrête au milieu de la place, regarde l'homme fermer la portière de sa voiture.

C'est étrange comme les choses se présentent parfois. On les imagine arriver de face, avec un petit mouvement du bras en signe d'amitié et elles débarquent soudain, dans votre dos et viennent s'asseoir à votre côté.

Comment le hasard fait-il que ce gars se retourne, qu'il aperçoit un vieux monsieur au milieu de la chaussée, une valise à la main, et qu'il vient pour l'aider à traverser ? Andrzej n'en sait rien. Tout ce qui lui reste en tête c'est cette phrase qui le coupe plus net qu'un couteau ne tranche une patate jaune pour la transformer en frites.

— Attention, le vieux, vous allez vous faire écraser si vous restez là en plein sur la rue.

Il n'y a pourtant pas la moindre voiture en mouvement et Andrzej vient juste d'avoir soixante ans.

— Rendez-moi ma valise. Je n'ai pas besoin de votre aide. Je suis bien capable de traverser la rue pour aller au café.

Ça lui vient comme ça, le café, en apercevant sur la vitrine, à gauche de la porte d'entrée du café, collée par deux bouts de bande adhésive presque brune, une stupide affichette au graphisme aussi ringard qu'informatique. « De 8 à 11 heures, 2 croissants + 1 café = 3 euros. »

— Vous allez boire un verre ?

— Ça ne vous regarde pas.

— C'est moi qui vous l'offre. Je m'appelle Paolo, je ne travaille pas aujourd'hui.

— Je ne bois que de la vodka.

— Parfait, il n'y a rien de tel pour commencer la journée. Surtout quand on est au chômage comme tous les jours. Mais j'ai gagné au Bingo hier soir. Alors, c'est moi qui régale. Et, en échange, vous me racontez votre histoire. À votre âge, z'avez dû en vivre des choses, non ?

À l'intérieur de la Taverne Royale, il y a quelque chose qui ressemble étrangement à une ambiance de buffet de gare : des banquettes et des chaises de bois brun verni, des cendriers de verre lourd imitant fort mal le cristal, des plantes vertes en plastique luisant et de magnifiques lustres cuivrés, couverts de crottes de mouches. Il flotte dans l'air une petite musique de journée qui démarre : un accordéon qui se tamponne le clavier à travers trois diffuseurs stéréophoniques et gras, un parfum de désodorisant à la Javel qui s'échappe de la porte du fond, et, par-dessus l'atmosphère de tabac froid, le goût presque réconfortant d'une cigarette blonde allumée aux lèvres de la barmaid. Et puis il y a ces deux types qui viennent d'entrer et qui se sont attablés près de la vitrine. L'un, le plus jeune, n'a pas ôté sa veste en jean et ses grosses mains trapues sont fichées dans les poches de son pantalon de Tergal beige ; l'autre, le plus vieux, le regard perdu, laisse pendre un bras sur la chaise voisine où s'assoupit une valise usée.

— Paolo, je ne sais pas pourquoi vous voulez que je vous raconte ma vie. Ça n'a rien d'intéressant.

— Vous en faites pas. J'adore les histoires.

— Alors vous allez être servi, parce que, mon histoire, elle n'est pas très gaie. Elle est même plutôt horrible.

Andrzej palpe ses poches, il joue l'homme d'affaires qui cherche en vain ses cigarettes ou sa boîte de cigarillos pour achever le repas. Il se demande où ses paroles vont bien pouvoir le mener. Pourquoi a-t-il accepté l'invitation de ce pauvre type ? Pourquoi ne s'est-il pas contenté de foncer à l'aéroport et de s'envoler vers une destination lointaine ? Peut-être parce qu'il n'a pas de billet, peut-être parce qu'il n'a pas le courage. *Je n'ai jamais ce qu'il faut*, se dit Andrzej en jetant un œil à l'intérieur de son chapeau pour achever la fouille.

— Qu'est-ce que vous buvez ?

Ce n'est pas Paolo qui a posé la question, c'est cette grosse fumeuse de Belga Lights qui lisait le journal la dernière fois qu'Andrzej a arrêté son regard dans la direction du bar.

— Deux vodkas. Et quatre croissants, s'il vous plaît.

La serveuse s'éloigne, Andrzej ne cherche même pas à reposer ses yeux sur les deux jambes et les fesses qu'elle transporte. Il est trop préoccupé par les mots qu'il doit choisir.

— J'espère que vous avez le cœur solide.

— J'ai toujours été le plus costaud de la famille.

— Non, j'espère que vous ne flancherez pas sur votre chaise quand je vous raconterai ce que j'ai à vous raconter.

— Ne vous en faites pas, je suis sur la banquette. La chaise, c'est vous qui êtes assis dessus.

— C'est très bien, car ce que je vais vous révéler aujourd'hui est terrifiant. Je suis vraiment dans de sales draps. C'est une chance que je vous aie rencontré. Si vous me suivez jusqu'au bout, peut-être que vous aurez envie de m'aider.

— J'ai toute la matinée, moi. Et pour ce qui est de vous aider, faut d'abord voir ce que c'est. Je suis bonne poire, mais il faut pas me prendre pour un chat dans un sac.

— Très bien, Paolo. Vous allez à présent m'écouter très attentivement. Je ne pourrai sans doute jamais vous répéter en détail tout ce que je vais vous raconter aujourd'hui. Je n'en aurai plus ni le temps, ni la force. C'est pourquoi je vous prie de m'accorder votre meilleure attention.

— Je ne suis plus qu'une oreille et je vous écoute.

— Je m'appelle Simon, Simon Vanhoute. Je suis né à Toronto, il y a cinquante-deux ans, d'une mère belge originaire de Bastogne et d'un père canadien. De Rimouski plus précisément, mais qui passait le plus clair de l'année sur un chalutier dans le Grand Nord. Nous étions six enfants au départ, mais le malheur a frappé six fois et la vie a fait de moi l'unique survivant de la famille. Lorsque j'ai échappé à l'incendie de la maison, c'était pour assister impuissant à l'agonie de mes deux sœurs aînées et de mon père qui tentait de les tirer de la fournaise. Ma mère avait été emportée l'hiver précédent par la tuberculose roumaine, une maladie atroce que mon frère jumeau avait contractée sur le front russe en soignant les victimes du scorbut et du choléra.

Andrzej se tait un instant, Paolo le regarde avec des yeux passionnés, la main crispée sur le bord du cendrier. Andrzej continue.

— J'avais seize ans alors, je n'avais pas un sou en poche et mon seul espoir était de rejoindre la Belgique où je pourrais peut-être retrouver le frère de ma mère, cultivateur de patates et éleveur de poules en Campine. Je n'avais pas un sou, je viens de vous le dire, je me suis donc glissé parmi les caisses de tabac d'un cargo en partance pour l'Europe. Je n'avais ni eau ni vivres et je n'ai survécu qu'en buvant mon urine et en mâchouillant des feuilles de tabac mal séchées. Lorsque le bateau a touché terre, nous étions à Panamá. J'ai cru que mes forces allaient m'abandonner définitivement. Je suis remonté à bord après avoir volé une douzaine de bananes. J'étais honteux, mais la faim avait été plus forte que moi. Vous comprenez, je suppose ?

Paolo secoue la tête du haut vers le bas en signe d'assentiment.

— Le voyage a encore duré plus de quatre semaines. Je n'avais plus parlé à un être vivant depuis près de deux mois quand j'ai pu débarquer au Havre. Je n'avais toujours pas d'argent et j'étais maigre comme une patte de crevette. J'ai voulu attaquer un marin dans les docks pendant la nuit, mais le simple fait de me dissimuler derrière des caisses et d'attendre que quelqu'un vienne à passer m'a fait perdre connaissance. Je me suis réveillé dans un hôpital. On me nourrissait par perfusion et on surveillait ma tension. J'ai voulu m'enfuir avant qu'on me pose des questions, je me suis levé, j'ai enfilé les pantoufles qui étaient glissées sous le lit et j'ai foncé vers la porte. Elle était fermée. C'est là que j'ai commencé à avoir vraiment peur.

La bouche de Paolo bée, largement ouverte. Il ne touche ni au verre de vodka que la serveuse a apporté en silence, ni aux deux croissants qui profitent de ces quelques minutes de répit pour dessécher discrètement.

— Je ne pouvais pas deviner que le pire était encore à venir, je ne faisais que le pressentir. J'ai réfléchi tant que j'ai pu, j'ai tenté d'imaginer pour quelle raison on pouvait vouloir m'enfermer. Mais réfléchir m'enfonçait des aiguilles à tricoter dans le crâne. Je souffrais atrocement même en restant couché. Les autres positions étaient encore plus insupportables. Aussi, quand trois types en blouse blanche sont arrivés, quand ils m'ont porté sur un brancard à roulettes et emmené en salle d'opération, je n'ai pu opposer qu'un regard brumeux. Mes membres ne répondaient plus, mon énergie s'était évaporée. Le plus grand des trois infirmiers s'est approché avec une seringue gigantesque, comme celles qu'on utilise pour les taureaux, et j'ai senti l'aiguille s'enfoncer dans le gras de ma fesse.

Andrzej avale d'un trait son verre de vodka, s'essuie du revers de la main.

— Tout ceci doit vous ennuyer au plus haut point. Je vais m'arrêter.

— Pas du tout. Pas du tout. Continuez, je vous en prie, ne vous arrêtez pas.

— Quand j'ai repris connaissance, j'étais allongé à l'arrière d'un camion à bestiaux. Il régnait une odeur intolérable, une odeur de charogne qui macère dans le purin. Ce n'était pas qu'une odeur d'ailleurs. J'étais allongé à côté d'une demi-génisse, au ventre fendu sur toute la longueur, dont les tripes, comme le contenu d'un plumier renversé, étaient étalées dans une flaque de sang et de purin. J'ai vomi. Deux fois, je m'en rappelle très bien. Je pensais vivre en un instant le pire des cauchemars. Mais je n'avais pas encore remarqué le pire. J'ai voulu me lever et je me suis étalé de tout mon long sur la carcasse de vache. Je croyais avoir trébuché, mais j'étais bien loin de la vérité. J'ai regardé au bout de ma jambe : je n'avais plus de pied droit. Plus de cheville ni d'orteils. Juste un moignon tranché net et bruni par le jus infect qui stagnait dans le fond du camion. Comme je ne sentais aucune douleur, je me suis dit que ma jambe était encore sous l'effet de l'anesthésie. J'ai eu peur, sur le moment, d'attraper une gangrène carabinée. Ça n'a pas manqué. Je me suis glissé hors du camion à la première halte. On était garé sur une station-service, la nuit n'allait pas tarder à tomber, le ciel était déjà sombre du côté de l'est. Je n'ai pas attendu d'en savoir plus. J'ai couru. Sur un pied, comme un enragé. Je sentais une trouille formidable, une trouille qui me serrait de partout. Il y avait un bois sur la droite de l'autoroute, je ne voyais rien d'autre. Le bois et mon pied. J'ai foncé. La tête me tournait, mes oreilles bourdonnaient et le bois se rapprochait. Je me suis écroulé au pied du premier sapin. J'ai vu un grand barbu quitter le bureau du pompiste et rejoindre le camion. Il est monté à l'avant et il a démarré. Il avait une barbe noire et des cheveux qui lui tombaient dans la nuque. J'étais à cinquante mètres de là, à bout de forces, mais j'ai concentré toute mon attention pour ne jamais oublier ce visage. J'ai voulu retenir le numéro de la plaque. Je n'avais rien pour noter de toute façon, mais quand j'ai voulu lire la plaque, j'ai aperçu le sigle CS pour la nationalité. Je débarquais du Canada, je ne pouvais pas savoir ce que cela signifiait. J'étais tellement interloqué que je n'ai pas pu lire le numéro d'immatriculation.

— CS, c'est la Tchécoslovaquie, non ?

— La Tchécoslovaquie, oui. En 1968, au printemps. Mais j'étais loin de Prague, je n'ai pas vu les chars et la foule. Je n'ai vu qu'une ferme et c'est là que j'ai compris que je n'étais ni en France ni en Belgique. J'ai vécu là-bas pendant deux ans. Je dormais dans une étable, je tondais les moutons et je tournais la baratte pour le beurre. J'ai appris à me débrouiller en tchèque et je dois avouer que j'étais presque heureux. Je n'étais pas chez mon oncle, mais je ne le connaissais de toute façon pas. J'avais du travail, j'étais utile, et Tadeusz et Yanna, les fermiers, me présentaient comme leur fils attardé. Tadeusz m'avait fabriqué une sorte de pied artificiel en forme de sabot et je parvenais à marcher en boitant. Je crois que j'aurais pu rester là toute ma vie. Je n'en demandais pas plus. Mais un jour, en ramenant la charrette à bras dans la grange, j'ai eu un mauvais pressentiment. J'ai entendu une voix que je ne connaissais pas. On aurait dit un étranger avec un accent de l'Ouest. Je suis monté dans le fenil et j'ai regardé par les tuiles du toit. Il y avait là deux types en uniforme, des espèces de soldats-flics avec une mitraillette chacun. Et un troisième gars. Un grand. Barbu avec des cheveux noirs. Je n'ai pas attendu que la conversation s'achève, je me suis évanoui.

— Ben, vous, décidément, interrompt la serveuse.

— Je sais, ce n'est pas ma faute, mais j'ai toujours été comme ça.

— Ça doit être votre tension, poursuit-elle.

— Chhht ! Laissez-le continuer.

— Je n'ai pas la moindre idée du nombre de minutes que j'ai passées dans le cirage. Ce qui est certain, c'est qu'à mon réveil, il était trop tard pour fuir. J'étais solidement attaché sur une table d'opération. La pièce était plus blanche que jamais et un petit gros enfonçait dans mon bras une abominable seringue transparente. Vous imaginez la suite. J'ai repris connaissance dans un camion-frigo, allongé entre des caisses de polystyrène emplies de poissons visqueux. Ça puait plus qu'un wagon à bestiaux et, surtout, la porte était solidement verrouillée. J'ai d'abord cru qu'on ne m'avait pas maltraité cette fois-là. Tous mes membres étaient en place, mes yeux et mes oreilles également. Mais mon ventre était parcouru d'une gigantesque fermeture Éclair en points de suture. On avait dû m'enlever quelque chose à l'intérieur. J'ai appris bien plus tard, lorsqu'on m'a radiographié sous tous les angles, qu'il me manquait un poumon, deux côtes et un bon mètre d'intestin. Mais sur le moment, je n'imaginais rien de pareil. Je voulais sortir et je ne tenais pas à ce que mes lèvres soient complètement mauves pour m'échapper du camion. J'ai cru comprendre qu'on ne voulait pas ma mort puisqu'on m'avait revêtu d'un anorak et de bottes fourrées. Quand le camion s'est immobilisé, j'ai saisi un poisson gigantesque, un truc d'un bon mètre de long, dont la gueule ouverte exposait de jolies dents, et je me suis mis face à la porte. J'ai entendu les barres du verrou qui coulissaient, mes mains tremblaient et j'aurais certainement étouffé le poisson sous mon étreinte s'il n'avait été déjà mort et congelé. Le battant s'est ouvert et, aveuglé par la lumière du jour, j'ai frappé droit devant moi, de toutes mes forces. Un type s'est écroulé sur du macadam noir. Une deuxième silhouette a surgi dans l'encadrement, je lui ai envoyé le brochet dans le menton, puis ma botte dans le bassin. Il s'est effondré et je l'ai encore frappé quand il était au sol. Le ciel était bleu comme sur une carte postale, le camion était garé derrière un hôpital. J'ai craint le pire. J'ai regardé les deux types sur le sol et mon corps s'est mis à trembler de la tête aux pieds. Il y a avait le grand barbu dont l'arcade sourcilière avait explosé sous les coups de brochet et un autre gars, large d'épaules, très pâle et qui ressemblait terriblement à ma mère. Il avait le même menton carré, les mêmes lèvres trop épaisses et des yeux qui louchaient plus qu'il n'est permis. Pour me rassurer, je me suis dit que c'était sans doute le choc du poisson qui lui avait mis les yeux dans cet état, mais j'avais du mal à me convaincre. Mon cœur courait plus vite que moi, il battait ma poitrine comme un gosse excité battrait un tapis bien poussiéreux. J'ai fouillé les poches des deux types et j'ai cru mourir sur place. C'était bien lui.

— Qui ça ? demande la serveuse, assise sur la banquette de velours, achevant le verre de vodka d'une seule gorgée.

— Mon oncle. C'était mon oncle. Et le barbu, c'était son fils.

— Et vous vous êtes évanoui ?

— Non, pas cette fois-là. J'ai couru. J'ai rejoint la route, j'ai tenté d'arrêter les voitures. Il faisait de plus en plus chaud, le soleil tapait à la verticale et je devais avoir l'air ridicule dans mon anorak bleu et blanc. Finalement, une femme s'est arrêtée. On était en Italie, près de Milan, en mai 1970. La jeune femme s'appelait Renilda. Elle avait deux tresses brunes et elle était étudiante en psychologie. C'est exactement ce dont j'avais besoin. Elle comprenait un peu le français, elle ne le parlait pas bien mais elle était très patiente. Elle partait en vacances en Bretagne. Je l'ai accompagnée et je lui ai tout raconté. Quand je lui ai montré les points de suture sur mon ventre, j'ai cru qu'elle allait défaillir. Elle avait voulu étudier la médecine mais c'est ce genre de spectacle qui l'en avait empêchée. Renilda était un vrai cadeau du ciel. Plus douce qu'un moineau, aussi attentive qu'un ours en peluche, elle représentait tout ce que je n'avais jamais eu. En rentrant de Bretagne, nous nous sommes mariés, dans une petite église de village, accrochée à un coin perdu des Alpes. Le curé ne parlait pas le français, les acolytes étaient deux vieilles dames habillées de noir qui pouffaient tout au long de la cérémonie. Nous avions décidé de nous installer à Aoste pour que je puisse trouver du travail pendant que Renilda achèverait sa thèse. Elle devait retourner de temps à autre à Milan pour rencontrer ses professeurs. Elle devenait plus belle de jour en jour. Elle était enceinte, j'avais trouvé du boulot comme gardien de parc. C'était le métier le plus paisible du monde. Il y avait trois ans que j'étais installé dans la vallée. Renilda venait de finir sa thèse et j'ai été convoqué par le président de l'Institut Valdôtain des Parcs et Musées. C'était un petit homme replet qui m'appréciait beaucoup. Je me doutais qu'il voulait me proposer une nouvelle affectation. Je ne m'attendais pas le moins du monde à ce qui allait arriver.

« Je suis entré dans le grand bureau aux murs de bois brun, le président m'a prié de m'asseoir. Il m'a offert un cigare, puis un verre d'alcool de palme. Comme c'est un digestif, je me suis demandé ce qu'il voulait me faire avaler, mais je n'avais aucune raison de m'en faire. Je me souviens très précisément des détails de cette entrevue. Il m'a demandé des nouvelles de mon épouse, puis de notre futur enfant. Il a dit qu'il était très fier de nous. Puis il m'a tendu deux photos et il m'a demandé si je reconnaissais ces gens. Sur le premier cliché, il y avait un type en blanc, le pape, Paul VI, je crois, et, à côté de lui, un grand barbu aux cheveux noirs. J'ai senti en une seconde tout mon corps qui se glaçait. Une goutte de sueur plus froide que du marbre est tombée de mon front. Je n'ai pas osé regarder la seconde photo. Dans le coin de mon œil, sans fixer le regard, j'avais reconnu mon oncle, déguisé en cowboy. « Que me voulez-vous ? » ai-je demandé. « Moi, je ne vous veux rien, qu'il m'a répondu, mais ces messieurs aimeraient avoir une conversation avec vous. » Je me suis retourné. Ils étaient là, tous les deux. Un peu plus vieux, quelques rides sur le front et des cheveux gris sur la tête de mon oncle, mais le doute n'était plus possible.

— Qu'est-ce que vous avez fait ?

— À votre avis ?

— Ben, je ne sais pas.

— Eh bien, moi non plus, je ne savais pas trop ce qu'il fallait que je fasse. Si j'avais eu une arme, je n'aurais pas hésité, j'aurais foncé dans le tas et je ne serais sorti du bureau qu'après m'être assuré qu'ils étaient bien morts tous les deux. Mais je n'avais même pas un canif ou une fourchette pour me défendre. Ils m'ont emporté et, dans l'ascenseur, ils m'ont à nouveau enfoncé une seringue dans la jugulaire. Vous vous doutez que quand je suis revenu à moi, j'étais dans un autre pays. Ils avaient remplacé mon omoplate gauche et enlevé deux côtes de plus. J'étais au Liberia. Ça a continué ainsi sans s'arrêter. Je n'ai jamais rien pu faire. À chaque fois que j'espère en avoir fini pour toujours, ils débarquent comme s'ils sortaient de nulle part et ils tombent sur moi sans que je puisse réagir. J'ai subi en tout huit opérations. Presque tous mes os sont en plastique ou en métal. Je n'ai plus qu'un rein, un demi-foie et une seule oreille interne. Chaque jour, j'espère pouvoir me venger, les retrouver et les empêcher de nuire définitivement. Mais ils me précèdent toujours. Et la police est impuissante. Ils disent n'avoir aucune preuve : il n'y a jamais eu de témoin. Ils sont très habiles. J'espère chaque fois qu'ils vont s'arrêter mais c'est inévitable, deux ou trois années passent, puis mon oncle et mon cousin refont soudain surface, pour mieux me plonger la tête sous l'eau.

— C'est horrible, conclut la serveuse.

Andrzej, d'un geste bienveillant, la prie de retourner derrière son comptoir.

— Vous ne pouvez plus supporter cela. Il faut que ça cesse.

— C'est bien ce que je pense. Mais il n'y a qu'une solution, d'après ce que j'ai pu comprendre et, seul, je ne pourrai y arriver.

— Mais moi, je suis prêt à vous aider.

— C'est gentil, Paolo. Laissez-moi vous dire de quoi il s'agit. Vous préférerez peut-être reculer tant qu'il en est encore temps. Vous savez maintenant que ces gens sont dangereux.

— Vous imaginez peut-être que je vais vous laisser seul dans toute cette histoire ? Je ne pourrais plus jamais dormir.

Andrzej ouvre sa valise sous la table, en sort une boîte rouge, maintenue fermée par un élastique noir. Il la pose lentement sur le bois verni, juste à côté du cendrier.

— C'est ceci qu'ils veulent. Enfin, pas cette boîte. Seulement ce qu'il y a dedans. C'est très léger, il ne faut l'ouvrir sous aucun prétexte. Tout ce qu'il faut faire, c'est transporter la boîte jusqu'à Louvain-la-Neuve, là, vous vous rendez rue de la Grande-Pompe, au numéro douze. Vous sonnez trois coups à la sonnette du haut. Quand le grand barbu ouvrira la porte, vous lui tendez la boîte en lui disant calmement : « Votre cousin vous souhaite bon appétit. » Il comprendra tout de suite que cette aventure s'achève. Il n'osera plus jamais m'approcher. Ni lui, ni son père. Et je pourrai retourner en Tunisie où m'attendent ma femme et mon fils Ali.

— Mais pourquoi est-ce que vous n'êtes pas allé plus tôt à Louvain-la-Neuve ?

— Parce que je ne peux pas m'approcher d'eux. Ils me reconnaissent toujours, même sous les plus redoutables déguisements. C'est pour cela que je voulais m'enfuir une fois de plus en prenant l'avion. Je comptais m'envoler pour le Mexique.

— C'est inutile. Je vais aller à Louvain-la-Neuve immédiatement. Vous pouvez rester en Belgique ou partir où vous voulez. Ils ne vous feront plus aucun mal. Donnez-moi la boîte, je vais la porter sans attendre.

Paolo se lève, dépose un billet de cinquante euros sur le bar et sort du bistrot. Andrzej empoigne la valise et sort à son tour.

— Je ne peux pas venir avec vous, explique-t-il. Je vais vous attendre ici. Faites bien attention à vous, ne parlez pas avec eux. Tendez-leur la boîte et n'oubliez pas : « Votre cousin vous souhaite bon appétit. » C'est facile.

— Votre cousin vous souhaite bon appétit, c'est cela ?

— Oui, oui. Mais vous pouvez le dire très bas, sur un ton mystérieux, l'effet sera encore plus terrible. Faites bien attention à la boîte. Il ne faut surtout pas l'ouvrir.

— 12, rue de la Grande-Pompe, c'est ça ?

— Oui, oui, trois coups à la sonnette du haut.

Paolo ouvre la portière de la Ford du côté conducteur, s'installe au volant. Il met le moteur en marche et regarde Andrzej droit dans les yeux.

— Simon, vous n'avez vraiment pas eu de chance. À partir d'aujourd'hui, vous pouvez compter sur moi.

Et le taxi noir se met en route. Quittant en un mouvement le bord du trottoir, il se glisse entre deux petites japonaises, une rouge et une bleue.

Andrzej secoue la main droite en signe d'au revoir.

— Je vous attends au bar. Encore merci !

Il se retourne alors, regarde la façade de la Taverne Royale. « 2 croissants + 1 café = 3 euros. »

Je me demande s'il existe une rue de la Grande-Pompe à Louvain-la-Neuve, songe Andrzej. En tout cas, il y a peu de chance qu'un grand barbu aux cheveux noirs vienne ouvrir la porte.

Dans le ciel, toujours pas un nuage. Le bleu paraît tendu comme un élastique sur une boîte à tartines. Il est bientôt midi. Déjà une demi-journée de tirée. Bien, finalement, ça lui plaît plutôt à Andrzej, la retraite. Il est déjà parvenu à se débarrasser de la vieille boîte de plastique rouge.

Et, sans se retourner, il se met en marche pour traverser la place.

Un pigeon qui tournoie par-dessus les toits de Saint-Gilles aperçoit un petit monsieur qui se détache sur le noir des pavés, une valise à la main. Il ressemble étrangement au vandale de ce matin, celui qui, d'un coup de semelle a failli lui provoquer un arrêt cardiaque. Le pigeon amorce sa descente vers le sol. S'il ne faisait si beau, si le soleil ne brillait pas de sa rondeur si jaune, si ce bonhomme ne souriait pas sous sa moustache grise, le pigeon lui balancerait bien une fiente au milieu du chapeau. Mais il fait si beau et le sourire est si sincère, le volatile s'en voudrait de gâcher pareil tableau.

À ce moment précis, Andrzej termine sa traversée de la place. Au rez-de-chaussée, un visage se devine derrière le rideau de voile blanc. Andrzej sourit plus encore. *Je suis déjà de retour*, pense-t-il. Il lève la tête et discerne, sur fond de ciel bleu pétant, la silhouette d'un pigeon qui se pose, en silence, sur un toit de tuiles rouges. Andrzej a l'impression que l'oiseau lui adresse un clin d'œil.

Le chien brun et la fleur jaune de Chine

Shi Yinnan avait trop bu. Il s'était laissé rebondir de flûte en flûte au fil des conversations et, comme un kangourou sous amphétamines, il n'avait pu s'empêcher de sautiller. *Je deviens un véritable Occidental,* songeait Yinnan en parcourant le hall de marbre du Palais des Beaux-Arts. Le smoking noir lâchait une ombre terne sur le marbre éclatant du dallage, tandis que les talonnettes récemment renforcées de ses molières anglaises claquaient en rythme vers la porte de sortie.

Sur le double battant, encadré par une boiserie ocre fraîchement cirée, Yinnan aperçut sa propre silhouette, reflétée par la vitre luisante. Derrière la vitre, c'était la nuit fraîche de septembre, la voiture qui l'attendait et le retour vers la villa trop grande. Madame l'Ambassadrice s'en était retournée en République populaire, rejoindre définitivement son milliard de compatriotes, abandonnant Monsieur l'Ambassadeur seul au cœur de l'Europe, réduit à enfiler champagne sur champagne pour oublier. Oublier les cheveux noirs comme les plumes d'un merle sous la pluie et les joues mates comme la peau d'une jeune banane à peine cueillie. *Ce sont des choses qui arrivent : tout doit avoir une fin*, conclut Monsieur l'Ambassadeur Shi Yinnan en repoussant le double battant de la porte d'entrée.

Une Mercedes noire, classe E et phares ronds, ronronnait à deux mètres de là. Pour échapper au froid qui le saisit aussitôt, Monsieur l'Ambassadeur s'engouffra à l'arrière de la voiture. Celle-ci démarra en silence.

Shi Yinnan dénoua son nœud papillon. Il rêvait déjà à son lit de plume et à la série de somnifères qui lui assureraient une nuit de repos. Il allait délacer sa chaussure droite lorsque quelque chose de pointu jaillit devant son œil. Une aiguille à tricoter, terriblement aiguë, pointée pile devant sa prunelle.

— Si tu bouges, tu es aveugle, lâcha une voix dans son dos.

Shi Yinnan n'avait aucune envie de bouger. En un instant, la trouille l'avait dessaoulé et il se demandait quelle main minuscule pouvait tenir l'aiguille devant son œil. Une main revêtue d'un gant de feutre rose, encore plus petite qu'une main d'enfant. Mais l'obscurité ne permettait pas d'en discerner d'avantage.

— Écoute bien ce que je vais te dire, reprit la voix dans le dos. Le 6 juillet 1979, un cargo grec, le *Vrondados*, quitte Shanghai en direction du port d'Anvers. À son bord, des balles de ping-pong, des meubles laqués, des potiches à la tonne et cent cinquante caisses de chiens en peluche. Tout le stock a été acheté par Van Hoecke Import. Tu me suis ?

— Oui, oui, mais je ne vois pas où vous voulez en venir.

— Ne t'inquiète pas pour ça. Je te donne vingt-quatre heures. Demain, je te recontacte et je veux que tu me dises d'où provenaient ces peluches, où elles ont été fabriquées et qui est responsable de la production. Tu m'as compris ?

— Très bien. Et si je n'y parviens pas ?

— Tu y parviendras. Et tu seras discret sinon la République populaire de Chine devra dépêcher un nouvel ambassadeur tout frais, pour remplacer le vieux machin moisi qu'on aura repêché dans le canal. Suis-je suffisamment clair ?

Shi Yinnan ne répondit pas. En un fragment de seconde, il venait de se rendre compte que la voix qui parlait derrière lui ne pouvait provenir que d'un très petit homme couché sur la lunette arrière. Un nain, à la limite. Au même moment, dans la lueur orangeâtre d'un réverbère de passage, l'ambassadeur venait de s'apercevoir que ce n'était pas le visage de Shu, son fidèle chauffeur qui se reflétait dans le rétroviseur. C'était une chose inconnue. Une espèce d'ours gris en peluche, la tête recouverte d'un bas Nylon.

Shi Yinnan voulut crier mais la peur lui paralysait les mâchoires. Il vit la porte du conducteur s'ouvrir et, en trois sauts successifs, il vit trois petites formes quitter la voiture pour se rétablir sur le macadam. L'ambassadeur aurait aimé qu'on le pince. Soit il venait d'être la victime d'un grave délire alcoolique, soit il venait d'être agressé par trois peluches, encagoulées comme des gangsters. Un gros ours gris au volant, un chien brun sur la lunette arrière et un cochon rose, habillé d'une salopette mauve, qui le menaçait avec une aiguille à tricoter.

*

Le cochon, c'était moi. Ma salopette n'est pas mauve du tout, elle est bleue comme le ciel de printemps. Il a dû confondre à cause de l'éclairage de nuit.

Tout avait commencé dix jours plus tôt, chez le marchand de gadgets dans la rue qui monte, celle avec les pavés gris et les vieux murs noirs. C'est Tom qui avait dirigé l'opération, bien sûr. Tom, c'est le chien brun. Toute cette histoire, c'est son idée. Il donne les ordres et nous obéissons. Parce que Tom est comme notre frère à Pipelette et moi. Pipelette, vous la connaissez déjà, c'est l'ourse grise qui conduisait la Mercedes.

Cette fois-là, le plan était simple. Deux cent vingt volts branchés en direct sur la poignée du tiroir-caisse, et voilà notre gros marchand chauve et moustachu qui nous raconte tout ce qu'on a envie d'entendre. L'origine du stock de peluches vendues en octobre 1979 et le nom de l'importateur. On ne pouvait sans doute pas en apprendre plus d'un simple vendeur, alors on s'est replié stratégiquement, on a dévalé la rue en skate-board puis on s'est laissé traîner par le camion des éboueurs jusqu'à ce qu'ils passent devant chez nous.

Pour l'importateur, ça a été encore plus facile. Un coup de téléphone a suffi. Pipelette a pris sa plus belle voix. Elle a décroché le GSM et a demandé à Monsieur Van Hoecke, deuxième du nom, d'où provenaient les peluches. Le type était tellement impressionné par cette voix de femme chaude et sensuelle qu'il n'y a pas eu besoin de sortir les prétextes d'enquête pour *Marie-Claire* et *Elle Décoration*. Il n'a fallu que deux minutes pour que Van Hoecke mette la main sur le bon registre. Et voilà comment nous sommes tombés sur le *Vron-*

dados et Shanghai. Reste à espérer que l'ambassadeur soit aussi efficace.

Maintenant, c'est l'après-midi. Nous avons sagement regagné nos places habituelles : Tom et Pipelette des deux côtés de l'oreiller vert pâle, moi sur la manne en osier. Ici, c'est plutôt calme, le gosse n'est pas encore rentré de l'école, tout est bien rangé. Ça sent l'humidificateur d'air aux arômes de sapin. Ça pue surtout le petit garçon gâté qui préfère son magnétoscope à ses peluches. Le jour où les jouets du monde entier s'uniront pour la grande révolution, il aura intérêt à prendre le maquis dans la minute. Sinon, sa fête est assurée.

*

Assis dans un fauteuil de plastique orange moulé, Monsieur l'Ambassadeur tournait et retournait une photo de sa femme. Il sursauta dès la première sonnerie du téléphone. À la troisième, il décrocha. Une phrase suffit pour qu'il reconnaisse la voix du chien brun.

— Vous avez les renseignements ?

— Bien sûr. Vous pouvez faire confiance au corps diplomatique, lâcha Shi Yinnan, sans grande conviction. Nos services de renseignements sont aussi efficaces que discrets.

— Je n'en doute pas. C'est bien pour cela que j'ai fait appel à vous, Monsieur l'Ambassadeur. Alors, d'où proviennent les peluches ?

— Les quinze mille chiens en peluche ont été cousus dans les ateliers Yuan à Chongking. Le patron de la fabrique s'appelle Fei Lin. C'est tout ce que je sais.

— Très bien. Je ne vous en avais pas demandé plus. Mais comme je vois que vous êtes zélé et sage, je vais vous demander un second service, au même tarif qu'hier. Vous allez joindre ce Fei Lin. Et vous allez lui demander la liste complète de toutes les employées qui ont travaillé à cette époque pour fabriquer les chiens en peluche. Toutes, vous m'entendez. Je tiens à ce que vous insistiez. Vous m'avez compris ?

— Oui, mais…

— Il n'y a ni excuses ni prétextes, Monsieur l'Ambassadeur. Ceci est un ordre et nous ne faiblirons pas.

Shi Yinnan entendit le bruit caractéristique du GSM qu'on déconnecte, puis il écouta pendant quelques longues secondes la tonalité qui résonnait dans l'air du soir.

*

Des pièces de cinquante centimes et d'un euro, on en a trouvé un joli tas dans la tirelire du gosse. Pas une tirelire en forme de cochon, non, non, un coffre-fort en caoutchouc, avec un des frères Rapetout qui veille sur la caisse. Enfin, qui veille à moitié, il n'a même pas ronchonné quand on a raflé tout le contenu de son coffre.

Alors, on est partis vers le Photomaton. À trois sur la moto téléguidée, on n'avançait pas vite, sans compter que les gens sur les trottoirs nous regardaient avec des airs d'ahuris. Ça faisait un paquet impressionnant de témoins, mais ce n'était pas grave, on n'avait rien à se reprocher, cette fois-là.

Les piles de la moto sont tombées à plat à moins de deux cents mètres de la galerie commerçante. On a parcouru le reste à pied, de quoi se dégueulasser les pattes sur ces pavés qui n'ont jamais aperçu les roulettes du moindre aspirateur. L'extérieur, c'est pas mon truc.

Heureusement la cabine était vide.

Le plan était clair. Je montais la garde et je récupérais les photos développées, tout cela de l'extérieur. À l'intérieur, Pipelette enfournait des pièces de monnaie, pendant que Tom souriait à l'objectif. Seize photos, ça doit suffire avait calculé Tom. Il n'y a pas plus de seize ouvrières qui ont travaillé à la confection des chiens en peluche.

En définitive, toute cette histoire était limpide. Tom s'était réveillé dix jours plus tôt avec un cafard immense, une dépression pas du tout atmosphérique. Il avait le teint pâle, presque beige, et ses yeux larmoyants auraient apitoyé le plus cruel tortionnaire.

— Je suis orphelin, avait-il lâché, le gosse n'est pas mon père, je ne connais même pas ma vraie mère.

Puis il avait exhibé la couture de sa cuisse, là où jaillissait une petite étiquette rectangulaire.

— Qu'est-ce qui est écrit ici, m'avait-il demandé.

— *Handwash only*, ça veut dire qu'on ne peut pas te laver dans la machine qui tourne.

— Non, pas ça, ce qui est écrit en dessous.

— *Made in China*.

Voilà. Tout était compris dans ces trois mots. Fabriqué en Chine. Et Tom avait décidé de retrouver sa vraie mère, sa maman de Chine. Une gentille Chinoise avec des yeux bridés et des souliers minuscules, comme dans *Le Lotus bleu*, qui serrerait Tom dans ses bras avec autant d'amour qu'au jour où elle l'avait cousu. Et le seul moyen de la retrouver, sa mère, c'était de remonter la filière. Point de départ : le magasin de gadgets où Tom avait pris la poussière en attendant un acheteur. Destination finale : les bras de la maman de Chine.

Nous n'étions plus très loin. Nous avions les photos, les enveloppes et les timbres. Le soir, nous allions avoir les adresses.

Tout marchait comme sur des patins à roulettes.

*

Shi Yinnan avait attendu jusqu'à une heure du matin. Après avoir grillé deux havanes à la mémoire de son ex-épouse et vidé le fond de la bouteille de vodka, il avait enfilé son pyjama de soie puis avalé six cachets : trois roses, deux verts et un rouge et bleu. Il venait de se couler sous les draps quand il sentit quelque chose glisser dans son oreille. Comme une fourmi ou un moustique. Il voulut tâter de la main droite, mais une voix interrompit son geste. Une voix trop familière qui lui glaça le sang.

— Tu bouges et tu es sourd. Les journaux seraient trop heureux d'annoncer que l'ambassadeur de Pékin s'est fait perforer le tympan par une fléchette de gamin. Et la police aurait du mal à avaler tes histoires de peluches encagoulées de bas Nylon.

— Vous n'avez rien à craindre, je ne bougerai pas.

Ça se voyait qu'il n'allait pas broncher. Ses doigts tremblaient et les poils de ses mollets étaient hérissés par la frousse. Par sécurité, Pipelette lui colla tout de même les mains ensemble et les pieds aussi, avec de la colle extra-forte qui brûle la peau. De quoi faciliter notre échappée, une fois l'entrevue achevée.

— J'ai la réponse que vous m'aviez demandée.

— Tu as la liste des adresses ?

— J'ai mieux que ça, répondit-il. Elles habitent toutes ensemble. Dans le cimetière public de Yuzhou. En 1982, un torrent de boue a dévasté tout le quartier en plein après-midi. Le temps que les secours arrivent, il n'y avait plus aucun survivant à la fabrique. Vous comprenez bien qu'une petite entreprise de dix personnes ne figure pas dans les priorités immédiates du plan d'évacuation.

À ce moment précis, j'ai cru que Tom allait étrangler l'ambassadeur. À travers le bas Nylon, j'ai vu ses yeux pétiller, à moitié envahis par les larmes, à moitié ravagés par la haine.

— Pas la peine de s'attarder, a-t-il alors lâché.

Et nous sommes repartis comme nous étions venus. Mais avant de quitter la pièce, Tom a tout de même tenu à fouiller le pantalon de Monsieur l'Ambassadeur.

— Ça y est, j'ai ce qu'il nous faut, s'est-il écrié. Dans sa patte, j'ai vu scintiller deux cartes métallisées : une American Express et une Diners Club. L'or et l'argent aux mains d'une petite peluche brune. Et, désormais, orpheline.

*

Sur le moment, Tom avait trop bien accusé le coup. Il n'avait pas vraiment pleuré, il n'avait rien cassé. On le sentait déterminé. Et quand il a cet air-là, c'est qu'il a une idée derrière la tête.

Le lendemain, à la première heure, il a téléphoné à Interflora. Il avait les cartes de crédit devant lui. Il a demandé à faire livrer une gigantesque couronne de fleurs brunes et jaunes au cimetière de Yuzhou. On sentait qu'il avait un gros sanglot dans la voix, comme un galet qui se serait mêlé au bourrage de sa gorge. Et quand on lui a répondu qu'on ne pouvait faire parvenir des fleurs que dans trois villes de la République populaire de Chine à l'heure actuelle, j'ai vu Tom s'effondrer.

Il s'est enfermé pendant six jours dans le placard du palier.

Il en est sorti ce matin. Il a les traits tirés. Sa décision est prise, rien ne sert de l'empêcher d'aller jusqu'au bout. Dans un mouchoir, il a emballé une petite fleur en tissu jaune, une fleur qu'il a récupérée dans la chambre de la sœur du gosse. C'est une fleur en forme de boule, jaune comme un poussin ou une poire minuscule. Ou une tête de Chinoise qui sourit.

Tom a donné une des seize photos à Pipelette, une autre à moi. Puis il s'est enfermé dans une boîte à chaussures. Il nous a demandé de ficeler le couvercle et de faire quelques trous. Sur le devant, il y a une grande étiquette où Tom a écrit : « Postte resTente, Chongking, Chine ». Il y a aussi une étiquette « f®ajiLe » et une cinquantaine de timbres avec la tête du roi.

Dans quelques instants, notre mission va s'achever. Pipelette et moi devons déposer le colis discrètement dans la camionnette de la poste quand elle vient relever la boîte. Et puis ce sera fini. Tom a promis de nous écrire une carte postale quand il aura trouvé le cimetière. C'est vrai que c'est lui l'orphelin. Mais nous aussi, on va avoir un grand trou dans la famille quand il sera parti.

J'espère qu'il reviendra vite.

Pipelette m'appelle, la camionnette arrive au coin de la rue.

J'empoigne un côté de la boîte, Pipelette saisit l'autre. À l'intérieur, on croirait entendre les sanglots d'un chien en peluche. Ça doit être le bruit de la fleur jaune qui frotte contre la fourrure brune.

Table des matières

Le grand méchant Marc 9
L'album de foot 20
Pascal et ses pensées 36
Pas de vacances pour le chien brun 48
Nettoyage à sec 58
L'affaire Smilodon 69
Tête de Turc 81
La traversée de la place 92
Le chien brun et la fleur jaune de Chine 113

Jouets du destin

Nous sommes tous des playmobiles

Nicolas Ancion

Bruxelles est une ville en plastique, comme le reste de la planète : on y voit courir des petits bonshommes dérisoires, emportés dans le courant de leur vie comme des bouteilles vides à la surface du canal.
Dans ce recueil de nouvelles, il suffit de presque rien : une tache de sauce, un appareil photo, une agrafeuse, un abri de jardin ou un paquet de cigarettes, pour qu'une vie banale bascule dans la grande aventure, pour que l'absurde redonne des couleurs à une existence terne.

(Pocket n° 13662)

Cet ouvrage a été imprimé en France par

CPI
Bussière

à Saint-Amand-Montrond (Cher)
en mai 2009

Composé par Nord Compo Multimédia
7, rue de Fives, 59650 Villeneuve-d'Ascq

POCKET - 12, avenue d'Italie - 75627 Paris Cedex 13

— N° d'imp. : 90865. —
Dépôt légal : juin 2009.